LA SALOPARDE
et autres histoires

Recueil

Brigitte Prados

Copyright : 2020, Brigitte Prados

Édition : BoD – Books on Demand,
12/14 rond-point des Champs-Élysées, 75008 Paris
Impression : BoD – Books on Demand, Norderstedt, Allemagne

ISBN : 978-2-3222-0309-3

Dépôt légal : janvier 2020

« Sois sage, ô ma douleur, et tiens-toi plus tranquille ! »[1]

« Comme la douleur aime l'homme et le prouve ! »[2]

« Écrire, c'est transformer la douleur, l'émotion, les faits, les expériences en quelque chose d'universel. »[3]

---

[1] Vers extrait du sonnet « Recueillement » issu de la section « Spleen et idéal » du recueil des « Fleurs du Mal » de Charles Baudelaire, poète français (1821-1867).
[2] Citation tirée De toutes les paroisses (1913) d'Anne Barratin, philanthrope et femme de lettres française (1832-1915).
[3] Michèle Lesbre, écrivaine française, née en 1939.

Préambule

La vie s'assoit et te regarde
Anges et démons peuvent ricaner
Tu ne sais pas où va le monde
Air pollué
Villes bitumées
Terre dévastée
Mers déchaînées
Violences multipliées
Tu as des choses à dire
Cris reproches gifles
Mépris moqueries
Privations déceptions
Égarements abandons
Avant qu'elles ne te vampirisent
Laisse-les sortir de toi
Conflit de neurones
Nœud de pensées
Lance ton aboiement
Par-dessus les toits
Plaque-le sur les feuilles vierges
En français en provençal
Peu importe Mistral veille
Fier du chemin parcouru
Dans le vent léger du soir taquin
Ignore les mal embouchés
Les mauvais coucheurs
Les échauffés les agités
Les effrontés les enragés
Les impatients les malveillants
Les haineux les venimeux

Un nid de serpents
Cette ignorance crasse
Sois fidèle aux blessés pas aux blessures
Dans leur déchirante prière
Intéresse-toi aux cabossés
Parais disparais à volonté
Enjambées aériennes exaltées
Accours sèche les larmes
Des pleurs étouffés des sanglots ravalés
Dans la rue un matelas un baluchon
Un air de misère et d'abandon
Serre les mains baise les fronts
Donne une pièce un pain un regard un bonjour
Porte bonheur avec tes dents écartées
Enlace les tailles étreins pelotonne
Fusionne épanche materne
Capte l'énergie solidarise
Chuchote de petits bonheurs
Déguise le moche en beau
Porte des lunettes roses
Construis des passerelles
Au coin de la rue un espoir
Apprivoise-le partage-le
Légers picotements délicieux
Réjouis-toi de mille puérilités
De tous ces petits riens
Noircis de mots tes feuilles
Ces promenades enchantées
Ces sentinelles protectrices
Ils sont de bons génies
Qui soignent font grandir
La mine te démange ? Vas-y

Laisse une trace
Gribouille griffonne crayonne
Entre pleinement dans l'écriture
Même si pas vendeur pas glamour
Tu t'en moques lâche prise
Transforme l'insupportable en supportable
Les uns derrière les autres
Les mots arrivent en foule en bonds capricieux
Égratigne griffe écorche balafre abîme
Ils seront un cadeau de vraies pépites
Qui ensemenceront d'espérance tes territoires intérieurs
Ton univers se dilatera s'ouvrira s'illuminera
Dans l'amour de la vie
Des avenirs radieux dans la nuit
Où la lune fera du gringue au ciel
Cœurs connectés par un filament
Vis le présent en pleine conscience
Le soleil se pointera à nouveau
Prends ton temps, trouve le bon rythme
Épluche-le, coupe-le en tranches
Ne sois pas trop gourmande non plus
Distribue-les
Ainsi va la vie
Ou ce qu'il reste à tirer
Avant le tombé de rideau.

À mon chat, mon p'tit grain de folie…

1
La Saloparde

Son emploi en CDI ne lui accorde aucun répit, mais elle ne confierait son poste à personne. Comme une exaltée, elle se déhanche, se démène, se déchaîne. Elle met du cœur à l'ouvrage. Rien ne calme sa fringale. On essaye de lui échapper, de ne pas la provoquer. Mais elle court vite. Turbine. Depuis des millénaires elle effectue le tour de la terre, plusieurs fois par jour. Multiplie les rencontres. Volontaire, rigoureuse, déterminée. Travaille sans relâche, organisant son emploi du temps comme bon lui semble. Ni essoufflement, ni allergie, ni arthrose, ni déambulateur. Ossature immarcescible drapée dans une pelure maculée ornée de pretintailles sinistres, trogne anguleuse, poigne tranchante comme une hache. Des passages fulgurants, fracassants, foudroyants, impardonnables. Elle a conquis le monde, son univers. Elle est son propre boss et, dans sa spécialité, pense être une héroïne. Ça doit l'aider à supporter sa médiocrité. Elle contemple la planète avec insolence, dans le mutisme le plus cynique. L'effet de surprise lui tenant à cœur, elle s'exécute n'importe où, on ne lui échappe en aucun lieu : magasin, bistrot, voiture, bus, aéroport, gare, station de sports d'hiver, bord de mer. Fouille les dossiers médicaux, intervient dans les hôpitaux, appréhende, mortifie jeunes et vieux. Dotée d'une adaptabilité hors norme, elle s'invite à tous les festins et les destins avec ses humeurs peccantes. S'insinue dans les recoins, s'incrustant entre les réunions et les solitudes, pour réaliser ses sinistres actions. Son fichu sens du devoir ne la quitte jamais, elle provoque des bouleversements dans les vies personnelles et professionnelles. Omnipotente, omniprésente, omnisciente. Elle concurrence Dieu. Mais lutine avec le diable aux relents moribonds, toujours connecté sur les réseaux funèbres. On les dit mariés, indissociables. Avec zèle, elle alimente ses fours scabreux. Il lui en est fort reconnaissant, le bougre. Nombreux sont les condamnés qui rôtissent ici, au point de faire sauter les chaudières. Après des journées de dur labeur, il la convie même à quelques joyeusetés *barbecuesques,* pour décompresser, précise-t-il. Ils façonnent une ambiance incandescente en diffusant un vieil enregistrement d'*Allumer le feu... Et faire danser les diables et les dieux.* Sortent l'argenterie de grands-mères disparues, dînent aux chandelles, entrechoquent leurs verres dans l'air fermenté de rodomontades et d'invectives pestilentielles. Beuveries, pitreries et momeries composent leurs nuitées de gesticulations macabres. Ils se chicanent des débris d'os, hargneux comme des loups affamés. Préméditent petits et grands malheurs, s'enorgueillissent de leurs futurs exploits dans des piaulements sarcastiques. Ils n'ont jamais connu la précarité et ne pointeront jamais au chômage. Chacun œuvrant dans son domaine de compétences. Elle se vante d'avoir gonflé le nombre de ses proies, depuis une douzaine d'années. Aujourd'hui, elle utilise les nouvelles technologies et les réseaux sociaux. Elle est devenue accro à Facebook. Elle s'y est inscrite, s'attribuant une fausse identité. Elle simule la personne douce, esseulée, en demande de contacts. Consulte les profils, bavant de plaisir, le regard émerillonné. Suit les potins des uns des autres, s'infiltre dans les discussions intimistes, exerçant une influence pernicieuse. Elle s'est ainsi construit une tribu d'amis virtuels. Elle peut *poker, chatter,* partager en un clic. Elle géolocalise ses victimes, repérant les plus fragiles, puis met en place de faux partenariats pour mener à bien son recrutement. Son business est florissant.

Un soir d'hiver elle a pris froid. Fallait l'entendre gémir devant son écran. À trop épier les internautes, avec son regard perçant et aigre de vieille hyène, elle a oublié de fermer les fenêtres et d'enfiler son gilet tartignole. Dieu la punit. Température et courbatures, elle a toussé toute la nuit, un feu ardent lui dévorant la poitrine. Bonté divine, on a cru la perdre, la goutte au nez et les yeux chassieux ! Elle ne se supporte pas fébrile car elle a besoin de toute son énergie pour les Autres, ces terriens qu'elle déteste tant. Alors, elle a fait venir le docteur Vautour, cahin-caha, son serviteur dévoué, un ancien archiatre. Un clopinard de la mistoufle bourru aux manières rustres. Un vieux barbu aux habits fripés, râpés, rapiécés. Le cou enroulé dans une épaisse écharpe boulochée qui empeste les effluves de graillon, ce brindezingue a sautillé à travers champs, la trousse de secours brinquebalante. On le voyait tituber, chantonnant, prêt à s'effondrer au moindre obstacle. Il a évité de justesse une bouse de vache, et ça l'a fait rire. Ce frappadingue de poétereau a profité de l'air campagnard pour respirer quelques pistils colorés et s'enivrer de corolles parfumées. Sous la pancarte SERVICES OUVERTS 24 HEURES SUR 24/365 JOURS PAR AN, il a tapé la porte à coups redoublés avec un bâton. Un couloir lugubre étouffant aux vapeurs méphitiques, bordé de canopes, l'a saisi. Il a enjambé les immondices qui jonchaient le sol : couenne, bave, ossements, dents, boyaux, poils, cheveux. Cette vision lui a fiché les chocottes, à ce vieux briscard, mais il n'a rien laissé paraître. Il a marmonné dans sa barbe crépue et cradingue. Posé sa mallette sur la table branlante et sorti son stéthoscope véreux en pestant de multiples fois.

Ventrebleu ! La chevelure filasse, l'égrotante avait une sale tête recouverte de croûtes de léproserie, repoussantes. Enveloppée dans une étoffe pourprée, bien tape-à-l'œil. Au point d'aveugler le soignant cinq minutes durant. Une couleur pareille, ça vous collerait un volatile au plafond. Mais il n'a pas eu le temps de s'attarder sur ces pensées puériles. Deux pandiculations, trois génuflexions lui ont suffi pour reprendre du poil de la bête. Hop, en guise de bonjour, une courbette de la part du lourdaud mal fagoté. Faut dire que sa patiente n'est pas très engageante. Il n'a jamais osé élever la voix contre cette tortionnaire. Les lâches s'inclinent toujours devant la tyrannie. Alors il en fait des tonnes pour que la teigneuse se montre coopérative. Cela vaut bien la peine qu'il dérouille ses genoux cagneux. Il a ausculté la souffreteuse en arquant un sourcil mauvais. A ouvert de grands yeux en tripotant une poche qui pendouillait de sa veste rafistolée.
— Dites 33.
— 33.
— Encore.
— Qu'est-ce qui cloche chez vous ?
— Pardon ?
— Vous êtes sourd ?
Le patelin a fusillé du regard sa malade, et a clabaudé d'une voix pressante :
— Répétez, vous dis-je. Laissez-moi faire mon job.
— 33.
— Mmm, poumons noirs comme vos idées. Bien… Rhabillez-vous.
— Alors ?
— Je suis bien marri, c'est une bronchite, dit le corniaud de toubib avec un petit air replet et bien satisfait, tout héros

qu'il ne sera jamais. Je vous prescris un arrêt de travail, le temps de vous remettre d'aplomb.
— Surtout pas ! Mon activité me maintient en forme. Je bosse, moi, doc. De toute façon, je suis irremplaçable !
— Dans ce cas, tournez-vous. Je vous saupoudre de sel de Guérande et vous enroule pour la nuit d'une bande trempée dans la résine. Vous ajouterez une rondelle de citron bio et ce nouvel électuaire dans votre infusion du soir, ensuite vous vous allongerez quelques heures dans votre sarcophage, et nous verrons demain, dit-il fixant l'alignement de bocaux face à lui.
Il ne connaît pas vraiment le nom des herbes qu'elle fait flotter dans l'eau bouillante ; quelle boisson roborative elle ingurgite quotidiennement. « Pourrait-elle seulement se tromper de bocal ? Si elle clamse, ça résoudrait le problème », bougonne le suppôt toujours en zieutant l'étagère vermoulue remplie de substances détonantes. Un liquide noirâtre Trompe La Mort garantit le paradis sur terre. La Mort Subite, plus opaque, expédie au cimetière illico presto quiconque y trempe les lèvres. Quant à La Délirium, ah La Délirium, elle se boit par petites lampées parce qu'elle ne présente pas d'autre risque que de précipiter son buveur dans un coma éthylique.
La dolente a proposé un verre à ce soiffard de docteur, pour le remercier. Il a bu d'un trait le cercueil tendu, sacré sifflard. Puis le zozo noir corbeau est reparti en zigzaguant avec ses balbutiements d'apothicaire. Il n'est jamais repassé. Ni le lendemain ni les jours suivants. On l'a retrouvé zigouillé au pied d'un cyprès du cimetière, un jour de blizzard. Dans son habit noir, on l'aurait pris pour un corbillat tombé du nid, l'air ahuri.
Quant à la Camarde parée d'amulettes, momifiée dans ses

bandelettes, mieux conservée que jamais, elle est prête à ouvrager.
Personne en ce moment précis ne sait où elle besogne.
Mais on l'entend, l'air chafouin :
— Vous prendrez bien une tasse d'…
«Éternité» - le mot est inscrit sur l'étiquette du bocal - représentée par une plante proche parente de la belladone, la jusquiame et la douce-amère.

Increvable, toujours au boulot, La Saloparde.

2
La bulle a des angles pointus

Nous sommes au restaurant-bar karaoké Buld'air, bondé. Encore une idée raffinée de Charles. Nous fêtons les quarante ans de Myéline qui accroche son manteau en tâtonnant la patère. J'ai pris de la vitamine C pour tenir le coup et ruiner mon sommeil. À l'entrée, chaque client reçoit une formule savonneuse révolutionnaire contenue dans *un tube pour faire des bulles*. Au lieu d'un bouquet de roses, Myéline a eu droit à *Fraîcheur du soir*, inscrit sur la boîte. Je marmonne un bonsoir poitrinaire et m'effondre sur une chaise sous la musique poussée à plein volume.
Charles, les dents phosphorescentes, joue au yankee affamé et Boris, notre collègue de bureau, meugle les derniers exploits de ses jumeaux pubertaires. Perchée sur ses talons aiguilles, Myéline gigote sur la piste, beugle plus qu'elle ne chante dans sa jupe en soie. Je crains qu'elle ne trébuche en s'animant. Émane d'elle une énergie lumineuse, même si elle s'étonne chaque matin de pouvoir se lever. « Tant qu'il reste du merveilleux dans ma tête, je peux continuer à rêver », me répète-t-elle à l'envi. Dans un swing exagérément chaloupé, elle gesticule comme un amuseur public. Je sais qu'elle appelle au secours. Quelle belle bêtise d'avoir épousé Charles ! Mais elle n'a pas l'air d'inquiéter grand monde au milieu de cette ambiance assourdissante. Comme un sismologue averti je prévois une crise. L'événement va arriver mais je n'en connais pas la date. Je crois à la séparation de ces deux êtres, parce que leurs connexions synaptiques ne se reconnaissent plus. Je m'emploie à en convaincre Myéline pour ne plus voir la détresse dans chacun de ses gestes. Même si, le temps d'un

soupir, j'ai essayé d'adoucir leur relation. La vie de Myéline ressemble à une bulle de savon posée sur la pointe d'une aiguille. En cas de coup dur, Charles n'est pas et ne sera jamais là. Il n'a besoin de personne pour avoir raison mais il aurait peut-être besoin de moi pour être raisonnable.
Soudain, je suis pris dans un tourbillon de bulles soufflées par Boris qui n'a pas sucé que de la glace. Mes doigts courroucés crèvent ces planantes rotondités visqueuses. Je finis par me recroqueviller et me liquéfier. Une migraine lancinante me guette, je jetterais bien un Alka-Seltzer dans mon verre. Autour de moi, ça chante, ça braille, ça danse, ça bulle, ça picole, ça mastique, ça scintille, ça halogène, ça s'échange des conversations de dégénérés. J'aurais bien enfoncé mes Boules Quies et chaussé mes lunettes de soleil. La petite aiguille de la pendule accrochée au mur sous *Les Bulles de savon* d'Édouard Manet - une copie sûrement made in China - indique la demie de vingt-trois heures. Je baille en m'enlisant dans ma chaise, attendant le sursaut. Jamais je n'ai tant rêvé du confort de mon lit. Au prix d'un effort colossal, je dirige une olive verte à ma bouche. « Oh, nooon… » valsent mes cordes vocales. Charles, dont le sourire éclaire la nuit, enlace Boris dans un recoin sombre de la pièce. J'ai failli en avaler mon noyau. Je crache mon embarras en toussant. Les deux hommes se roulent une pelle puis s'éclipsent vers les toilettes d'un pas assuré. Et ces satanées bulles poisseuses qui volettent tous azimuts renforcent mon inconfort. Je prends appui sur le bord de la table pour écraser ma colère, et regarde Myéline, d'une beauté déstabilisante. « I will survive » crie dans les haut-parleurs tandis que le mot « Homosexuel » tourne en boucle dans mon crâne endolori.

Myéline se déhanche toujours sur la piste maintenant glissante. Son infortune me chavire. Notre mère dirait qu'elle aurait tort de ne pas profiter de sa soirée.

Parce que, peu à peu, elle perd de la mobilité.
Bientôt, elle se retrouvera seule face à sa sclérose en plaques.

3
La photo

Sélénite attrape d'une main languide cette photo tirée de la table de chevet et la contemple des heures durant pour se redonner des forces. Elle reste là, à tourner et retourner ce petit bout de papier cartonné, coloré, transmis par sa grand-mère. Elle le manipule lentement. Comme un bijou précieux. Puis elle aspire un grand coup et son souffle ressort en bredouillant bizarrement. Ses couvertures sont lourdes. C'est bon leur poids sur elle, comme lorsqu'elle était enfant. Elle se penche vers la petite fille solitaire dont elle ne finit pas de traîner la peau.

Le ciel est cotonneux. Juste cinq personnes baignées dans une lumière douce, une lumière d'hiver, devant des arbres dénudés, des platanes. Des êtres saisis à la même seconde, dans cet espace, cette cour d'école que Sélénite connaît pour s'y être rendue si souvent. Une adulte, quatre enfants. L'adulte, une femme de taille moyenne, cheveux courts auburn bien coiffés permanentés, se tient debout derrière les bambins. Un sourire éclaire son visage. Elle enserre de sa main droite l'épaule du plus grand des garçons qui enlace un chat siamois, et de sa main gauche le plus jeune qui tortille ses doigts. Au milieu se trouve le cadet. Tous vêtus de culottes courtes en velours, de pulls en laine chinée dans les tons de vert et de chaussettes qui tirebouchonnent sur leurs mollets. Sous leurs cheveux châtains épais, ils esquissent un sourire timide. Les deux paumes du cadet reposent sur les épaules de la petite fille placée devant lui. De petits doigts blancs et fins, juste posés, sans exercer de contrainte, protecteurs. Des doigts qui veulent dire « je suis là ».

Le cœur de Sélénite bat la chamade. Boum, boum. Ils sont tous là, ensemble, réunis sur ce bout de papier qui a immortalisé l'instant. Cela a quelque chose d'étrangement rassurant de se voir, là, tous. Elle le regarde, le scrute, le détaille, s'en imprègne. Encore et encore. Elle l'aime. Ses yeux s'embuent très vite. Elle s'assoit sur le lit et, les yeux fermés, elle pense à leur histoire. À Eux, qui n'ont pas eu le droit de grandir ensemble. Et pourtant, ils paraissent si heureux sur ce cliché. Cette prise fixait peut-être les bonheurs ou les malheurs intimes de leur mère qui sourit ?

La pitchoune au centre, devant, qui serre un ours jaune contre sa poitrine, c'est Sélénite, droite dans ses petits souliers. Elle doit avoir entre deux et trois ans. Elle porte une robe à carreaux bleus recouverte d'un gilet en laine d'un bleu plus soutenu. Ses yeux ronds semblent surpris, peut-être par le flash.

Les paupières noyées, Sélénite prend la photo à deux mains, l'applique doucement contre son cœur comme si elle portait tout le bonheur du monde. Elle se laisse bercer par la mélancolie de ce passé indéfini, commun inexistant, pourtant photographié.
Avant la naissance de Sélénite, le ventre de sa mère a porté quatre garçons, dont un décédé très jeune.
Sélénite a dans ce vaste monde, des demi-frères. Le mot demi n'a pas sa place, et elle n'a jamais été bonne en maths.
Alors, fille unique, elle a eu trois frères.
Une photo de ses frères, des quatre enfants réunis, avec leur mère.
Une preuve de leur existence, de leur existence à tous.

4
Humeur de bière

Il est vingt heures dans cette brasserie où j'avale fiévreusement un jus de fruits frais pour éponger mes maux de cœur. Je pourrais me perdre dans ce grand espace qui me le rappelle et me fait tourner la tête. Au fond, une voix sort des toilettes. Une silhouette féminine passablement éméchée se tient près du lavabo et s'obstine à lever le robinet en riant bêtement. La tenancière s'avance. Elle explique d'un ton facétieux que le robinet d'eau froide est à droite, celui d'eau chaude à gauche, et que la rencontre des deux donne l'eau tiède. La blonde sulfureuse n'écoute pas et demande un autre demi, pas panaché, un vrai demi de vraie bière, sur un ton pressant. Et elle s'avance dans sa jupe courte et serrée en titubant sur ses talons hauts. Elle saute à cloche-pied sur le carrelage ambré et crème comme une gamine maladroite qui jouerait à un jeu d'échecs géant. Elle glousse, virevolte en ricanant sottement. Sa chute fait craquer le maigre bout de tissu qui recouvre son postérieur. C'est un grand moment croustillant pour les yeux virils égarés. Le style à bannir définitivement la culotte depuis que le string a pris le pouvoir ! Elle se relève laborieusement, ses escarpins à la main, s'accoude au bar, récupère sa pression, et monologue par bribes : la vie bruyante à Paris qu'elle déteste, son studio trop étroit, son amant volatilisé, son père atteint d'Alzheimer, sa mère toujours dans un avion, ses vacances méditerranéennes chez sa cousine fleuriste et ses plantes qui puent, gentille, mais bon, un peu trop psychorigide, qui doit la chercher et qui fréquente un crétin de mec, un grand dadais mouligas… Elle jacasse, jacasse telle une pie. Elle réclame une nouvelle

bière qui ne viendra pas, parce que sa deuxième chope est à moitié pleine.
Je la regarde s'avancer nu-pieds, ahurie. Elle vacille, maugrée et se rattrape en s'agrippant à ma table. Et si elle n'a pas encore déniché ni le palais somptueux ni l'homme talentueux, elle porte déjà la tenue inoubliable avec sa mini-jupe en cuir. Elle termine sa bière en hoquetant :
— Donner... oups... l'hospitalité pour... en mettre plein la vue... oups... et ne pas servir assez à picoler... c'est pas humain... oups... faudra que je le dise à ma cousine, et à son chien aussi, ce cabot de bâtard...
Elle tente d'accrocher son regard au mien en me fixant exagérément.
— Vous permettez, oups, que je vous tienne compagnie ? éructe-t-elle en se trémoussant, un faux sourire large comme une barrique.
Interloquée, je bredouille la mort dans l'âme un « Je vous en prie », pas plus rassurée que ça, en espérant qu'elle m'oublie. Les autres clients se taisent et nous observent dans un silence qui angoisserait un organisateur évènementiel. J'ai le cœur qui bat à tout rompre dans cet espace majoritairement masculin. Et comme ils ne pensent ni l'adopter ni l'apprivoiser, ils reprennent leurs discussions enflammées comme si de rien n'était. Et je sens bien que je dois me débrouiller sans leur solidarité, même la patronne ne vient pas à mon secours. La blonde oxygénée pose ses chaussures sur ses cuisses. Le teint rubicond, elle bat des paupières dont le fard violet coule aux extrémités, qu'elle éponge avec un mouchoir attrapé au fond du sac.
— Heu, vous, vous avez bonne mine... quoiqu'un peu pâlotte à y regarder de plus près... oups... une pâleur cadavérique serait plus juste, me dit-elle l'haleine maltée.

— Oh ?
— Beurk, c'est quoi votre parfum ? Épicéa ?
— …
— Vous faites quoi, comme métier ?
— Je maquille, j'embellis.
— Oups, intéressant…
— Je ne dirais pas ça comme ça.
— Vous savez jouer la comédie alors ?
— Je ne crois pas.
— Dans votre profession, vous camouflez, non ?
— C'est une façon de voir les choses.
— Alors, on n'a qu'à faire semblant.
— De ?...
— Jouer la comédie.
— Laissez tomber. J'en suis incapable. En revanche, vous me semblez être une vraie comédienne.
La bimbo arrête de gigoter, et je grimace devant le ridicule spectacle de cet effort. Elle s'exclame, pathétique :
— Si l'on essayait, oups, de penser à quelque chose de vraiment triste ?
— Rien ne me vient à l'esprit.
— Si si, réfléchissez bien, vous avez déjà les yeux embués.
— Non, vraiment, je ne vois pas.
— Votre père est toujours vivant ?
— …
— Il habite loin ?
— Mais…
— Alors pourquoi est-il absent ?
— Ça suffit !
— C'est juste pour savoir si vous aussi, vous avez un manque, une douleur dans l'existence, vous voyez, quelque

chose comme ça. Et apparemment, c'est le cas.
— C'est cruel ce que vous dites là. Je veux bien croire que c'est l'alcool qui vous fait parler de la sorte.
Et elle pouffe comme une idiote en balançant ses escarpins qu'elle tient par le bout des lanières devant mon nez que je ne fourre pas partout, moi.
— Bon, écoutez, tout le monde a eu au moins une fois, le cœur brisé, non ? Vous avez eu le cœur brisé, c'est obligé, ça se voit, me dit-elle dans un hoquet.
— Je ne savais pas que j'avais affaire à une médium.
— Ha, vous me reconnaissez au moins une qualité, glapit la pompette, moins sulfureuse et plus souffreteuse maintenant, qui lèche la mousse séchée sur les parois de son verre.
Soudain elle se raidit sur le dossier, le regard fixé sur l'entrée. Ses yeux vitreux semblent s'agrandir comme si un revenant se manifestait. Une femme, les cheveux auburn en bataille, entre comme une furie, jette un œil circulaire et nous rejoint d'un pas alerte et décidé. De ses beaux yeux de saine révolte, elle décoche à l'éméchée flavescente un regard assassin en lui désignant la porte par un mouvement brusque du menton. Il y a entre elles un souffle mordant de silence. La blonde est prise de soubresauts, et moi de nausées. Visiblement agacée, la brune incandescente expectore comme une sorcière prête à cracher un maléfice :
— Vé, cette bécasse de cousine, une vraie godiche, elle est morte de rire. On n'arrivera jamais à rien avec elle…
En effet, la tête de l'intempérante s'agite d'avant en arrière, et ses épaules se mettent à jouer au yo-yo dans sa veste en cuir noir cintrée hyper moulante. Attrapée énergiquement par le bras, elle est traînée jusqu'à la sortie sans ménagement. Elle trottine, ronchonne, rentre un peu plus

les épaules et se tasse à chaque nouveau pas funèbre. Elles s'éclipsent toutes les deux en me laissant sur la langue le goût d'un mauvais vaudeville et de la bile au fond de la gorge.

J'ai mis mon père en bière aujourd'hui.

5
Mon Ailleurs

Dans ma tête, c'était déjà le compte à rebours. Mon corps, lui, poursuivait les contraintes quotidiennes, voire routinières. Cependant, une petite musique de *happy holidays* habitait mon esprit guilleret. Après une année bien remplie, les promesses de l'été m'enchantaient : me ressourcer, me chouchouter, me prélasser et pourquoi pas *m'escapader* ? Cultiver l'amitié et les joies simples : jeux, baignade, virées, contemplation, lecture. Parce que, oui, il faut penser à satisfaire le corporel et le cérébral pour un bon équilibre. Mes bagages étaient prêts : appareil-photo, ballon, raquettes pour des joyeusetés sur la plage. J'étais tout excitée par ce nouveau matériel, prometteur d'échanges, d'aventures et de découvertes. Mon billet caracolait dans la valise en tête du peloton de mes affaires. Avec mon teint d'endive, il me tardait de partir en croisière à la conquête du sable ocré et du maquis impénétrable corse. Pour l'heure mon regard flânait sur le chromo de l'île de Beauté, punaisé au-dessus de mon canapé, en imaginant des excursions plus ou moins palpitantes.

La veille du départ, les bras encombrés, je me faisais chahuter par un petit vent mariole. Durant ma course effrénée, j'étais prête à m'envoler lorsqu'au détour d'une rue, je ne sais pour quelle raison, je bifurquai furieusement. Patatras, mon histoire se corsait sauvagement. Je venais de percuter madame Sérendipidité. Quelle aubaine ! Je lui aurais serré la main si j'avais pu. Alors a commencé le plus haletant et le plus prodigieux des voyages. J'avais hésité entre tomber dans les pommes de dame Sérendipidité, me relever ou hurler. Alors que j'étais étalée au sol, dans l'impossibilité de bouger, mon épaule droite m'arrachait une douleur criante. Et je m'offris une équipée inédite : goûter à un matelas coquille, participer à un tour de camion avec les pompiers, visiter les urgences puis coopérer à une séance de radiographies.

Résultat de ma chute : fracture de l'humérus droit.

« La vraie vie est ailleurs », écrivait Rimbaud.[4] Serait-ce une pensée spirituelle ? Finalement on n'aurait pas besoin de quitter son domicile pour éprouver de nouvelles sensations. On peut tout à fait se perdre à voyager et se trouver en restant chez soi. Dans les tréfonds de mon cerveau, un chamboulement radical s'opéra et, instantanément, je compris que mon Ailleurs serait mon appartement jalonné de repères infaillibles. J'ai aussitôt négocié avec ma main gauche car notre cohabitation allait être longue. Embarquement immédiat : l'aventure se situait donc sur mon clic-clac, sous la lithographie « Jamais vu la Corse ! »

Je me suis *autoréparée* devant mon téléviseur en prenant de la hauteur dans les ascensions du Tour de France. Je vous avais bien dit que j'aimais les plaisirs simples.

---

[4] Poète français (1854-1891).

6
Un coup de maître

C'est en ouvrant le livre que tout commença, recommença. Nausées. Tachycardie. Sueurs. Tremblements.

Marcelin se souvient de cette rencontre exceptionnelle qui lui avait procuré un éventail d'émotions bouleversantes. À lui, cet homme dont la vie sociale physique reste limitée, parce qu'il déteste les soirées et les fêtes. Il se sent en danger dès que trois personnes se réunissent dans une pièce. L'arrivée d'Internet a changé sa vie ; il s'est construit une tribu virtuelle sans bouger de son siège. Pour un phobique social, c'est une délivrance. Enfant sage, renfermé, qui passait inaperçu et aimait rêvasser, filait au lit sans rechigner. Craintif, chétif, il a eu beaucoup d'angoisses à transformer en énergie. Il est devenu un homme créatif à défaut d'être un sportif. Ses jambes ne sont pas assez solides pour marcher longtemps, pédaler avec efficacité ou taper dans un ballon. Il préfère explorer le monde avec son esprit. L'écriture s'est imposée à une période de grande solitude qui l'a toujours accompagné, de près ou de loin. Les solitaires sont souvent des imaginatifs envahis par le rêve. Ils sont aussi de grands archivistes. Marcelin est un archiviste. Il lorgne ce volume rangé temporairement sur le coin du bureau. Dubitatif, il l'examine du coin de l'œil, le cœur tambourinant. Serait-il prêt à s'engouffrer entre les pages de son thriller lâchement abandonné ? « Qu'est devenue ma protagoniste, rejetée dans cette cavité noire, une gorge profonde prête à avaler une bière ? Je ne vais tout de même pas lancer un enquêteur sur l'affaire ! » Tout à ses pensées, il perçoit le craquement d'une branche morte.

« Qui peut bien troubler mon intimité ? » Un froissement de feuilles alerte à nouveau ses tympans. « Qui rôde, si proche ? »
— Au secours ! Je me dénutris, me dépouille, m'irrite, m'effrite et me délite, vocifère un timbre sous la couverture de feuilles, écrasée par un gros chat.
« On dirait ma chère cousine, avec cette tessiture froide, qui parle toujours les lèvres en cul de poule, et qui m'encombre tous les étés », songe Marcelin qui mordille sa lèvre supérieure. Il tapote son front, et se décide. Il soulève le félin en plâtre. Dans sa rétine : Fossilia ! Le visage tout chiffonné, elle sabote les plates-bandes avec ses larges mains calleuses.
— Ôtez-moi de là, Marcelin ! D'inextricables racines emprisonnent mes orteils, me calant un pied dans la tombe.
— La vie ne tient qu'à un fil et peut parfois basculer très vite, n'est-ce pas ?
— Pas le moment de philosopher, je vous en prie ! Et cette gouttière qui ne cesse de suinter me glace le sang.
— C'est la rosée du matin, Fossilia.
— Épargnez-moi votre poésie.
— Un râteau, peut-être ?
— Non ! Je m'en suis déjà pris un !
— Puis-je vous proposer une pelle ?
— Pour ?
— Creuser. Peut-être trouveriez-vous un objet quelconque fossilisé, de grande valeur, qui pourrait vous rendre riche et pourquoi pas célèbre ?
Et il lui parle des civilisations disparues…
— Mais puisqu'elles n'existent plus, à quoi bon en discuter ?
— Alors cette pelle pourrait vous être utile. En fouillant

plus loin dans vos connaissances, vous découvririez une source inépuisable de beauté ; des profondeurs jusque-là insoupçonnées.

Fossilia opine du chef, le sourire moqueur, dévoilant des dents aiguisées comme celles de la taupe. Manifestement, cette proposition la laisse de glace. Elle adopte une attitude un brin mollasse devant Marcelin qui dépose l'outil au sol. Puis l'homme s'éclipse dans la cuisine pour y domestiquer son petit-déjeuner. Dans l'odeur de l'arabica qui goutte et près de son grippeminaud, il savoure ce moment, claquant ses tongs ridicules sous la table. VIENS est inscrit en gros caractères sur la semelle droite, REVIENS sur la gauche. Bercé par le ronronnement de son félin qui semble investi d'une mission de veille et de sollicitude à son égard, Marcelin prend le temps avec son imaginaire. Songe à Fossilia qui, pour l'instant, n'a pas l'étoffe d'une héroïne et qu'il relèvera plus tard dans une troublante alchimie. Il se laisse traverser par des images, des dialogues qui le touchent, puis disparaissent. N'ayant rien avalé depuis sept heures et trente minutes, il ingurgite en quelques secondes abricot, yaourt, café, sous l'œil attentif de son greffier. Soudain un cri le fait sursauter. D'un bond, il retrouve sa verticalité et avance en cadence dans le crissement VIENS REVIENS VIENS REVIENS… abandonnant, à contrecœur, son raminagrobis et ses tartines grillées beurrées *confiturées*.

— Quel est le crétin qui a posé cette pelle juste au-dessus de mon crâne ?

— Encore vous ? Utilisez-là pour enfouir votre colère !

— Pas malin, vous avez vu ma bosse ?

— Vous en verrez d'autres.

— Sortez-moi de cet endroit sordide, voulez-vous ? Je

tourne en rond dans cette taupinière.
— Soyez patiente. Que feriez-vous si vous étiez bloquée avec les trente-trois mineurs dans les entrailles de la mine San José au Chili ?
— Je ne survivrais pas, je suis claustrophobe, je vous le rappelle.
— À chacun ses faiblesses, Fossilia.
— Justement, je suis affamée, prête à croquer la pomme de votre Macintosh.
— Diantre, ne pouvez-vous pas hanter quelqu'un d'autre ? Je pourrai ainsi terminer mon petit-déjeuner tranquillement.
— Quel égoïsme !
— Je le muscle pour survivre dans ce monde, sachez-le.
— En plus, vous êtes cynique. Fortifiez plutôt votre altruisme.
— De quoi je me mêle ? Mâchouillez une brindille, ça vous occupera.
— De l'herbe ?
— Osez les insectes, si vous préférez.
— Je maudis tout ce qui porte carapace, ailes et mandibules.
— Voulez-vous une salade de chardons ?
— Grrr, vos répliques sont hilarantes de stupidité.
— Alors, imitez les lézards, bronzez…
— Votre humour est décapant, Marcelin.
Fossilia soupire, se redresse un tantinet, obsédée par l'idée de grignoter un petit quelque chose qui devient à ses yeux aussi inaccessible qu'un paris-brest. Elle mord bruyamment dans un bout de pizza de deux jours, caoutchouteux, à la limite du consommable, oublié par Marcelin. Telle une sangsue, elle suçote le coulis de tomate séché. Elle est exaspérante et son interlocuteur ne se prive pas de le lui faire remarquer.

— Vous faites toujours dans l'élégance…
— Et vous, carrément dans la mauvaise foi. Ce n'est pas vous qui vivez dans ce gouffre depuis des jours, avec tout ce qu'il contient d'effrayant ! Araignées, limaces, vers, cloportes, taupins, fourmis, courtilières… et je ne parle pas des caillasses qui me lacèrent le dos, m'arrachant un bout de chair à chacun de mes mouvements. Et je n'ai même pas de quoi me nourrir décemment !
— Arrêtez de chouiner et de vous contorsionner ! Vous ne souhaitiez pas faire un régime ?
— Parlons-en ! C'est plus un jeûne qu'un régime, oui ! N'avez-vous pas honte de manger et de boire sans un geste vers moi ? Vous vous bâfrez jusqu'au coma diabétique.
La tête bosselée, Fossilia parle toutes canines dehors pendant que le matou boit du petit lait en l'écoutant.
— Faudrait savoir ce que vous voulez, Fossilia. Nourrissez-vous de baies, champignons…, je sais pas, moi, débrouillez-vous, la nature est généreuse…
— Sortez-moi de cet enfer ! Voilà ce que je veux. Vous attendez quoi ? Que j'aie du lichen dans les oreilles ? J'en ai assez d'être dans ce terrier qui n'est finalement qu'un piège. Et puis, ce chat, ah oui, ce chat qui n'arrête pas de se soulager dans mon trou ! Je vais finir par l'estourbir, Marcelin.
— Des menaces ?
— Non. Je préviens.
— Ne-tou-chez-pas-à-un-poil-de-mon-fé-lin, compris ?
Pendant ce temps l'animal s'amuse à l'innocent, celui qui passe par hasard, se frottant contre les tibias de son maître parce qu'il a vraiment envie d'un allié. Il sait très bien jouer le margay domestique aimant, louvoyant quand il faut, et Fossilia l'hypocrite.

— Minou, minou, appelle-t-elle sur un ton prétendument aimable.
Marcelin bondit sur sa boule de poils, maintenant hérissée, l'attrape avant que la chasse ne soit ouverte et que le massacre n'ait lieu, parce que Fossilia tient la pelle entre ses mains.
— Il n'est pas prêt à réaliser ses fantasmes, pauvre bête !
— Comment ça ?
— Il a la queue entre les jambes, votre pépère. C'est un courageux en toc.
— Précisez.
— Un péteux, en somme. Un peu à votre image.
— Pardon ?
Marcelin fusille du regard son interlocutrice.
— Bof, laissez tomber, j'suis épuisée.
— Cela ne vous donne pas le droit de dire n'importe quoi, petite effrontée !
— Je vous dis que c'est une plaisanterie, Marcelin.
— De mauvais goût, de très mauvais goût.
— Soit, mais vous avouerez que je suis persuasive, non ?
— Vous avez le cœur dans le cerveau, oui !
— Ainsi j'ai une maîtrise totale sur lui.
— Diablesse !
— Diablotine m'irait mieux.
— Certainement pas ! Vous pactisez avec le diable. L'enfer, c'est vraiment les autres, et c'est vous, en ce moment.
— Auriez-vous un penchant sartrien ?
— Je doute que vous ayez lu Sartre, vous, laissez-moi me gausser.
— Allez-y, moquez-vous.
— Vous êtes complètement barge.
— Bon, oui, c'est vrai, je déteste ces bestioles qui laissent

des poils partout ; j'y suis allergique et je ne risque pas de les toucher. Mais je ne lui ferai pas de mal à votre « chatastrophe » ; ce n'est qu'un quadrupède de gouttière à la dérive.
— De mieux en mieux…
Et le grippeminaud abandonne les bras de son maître, s'esquivant sans un regard, la fourrure hirsute et la queue en panache. D'un air dubitatif, Marcelin observe Fossilia sous la lumière du Midi, mouvementée à cette heure. Ce n'est pas seulement l'excès de chaleur, pas plus que l'excès de luminosité qui l'incommode. Il y a autre chose. Il se frotte les yeux et le front comme un homme fatigué qui a trop de choses à penser. Puis il s'abîme de longues minutes dans le goutte-à-goutte caféiné de sa vieille machine à filtres, prenant conscience de l'étroit cousinage entre Fossilia et sa cousine.
Subitement, voilà cette dernière qui sort de l'ombre comme un spectre venu le tourmenter. Souvent cloîtrée dans la chambre, elle se dit « a-go-rat-faux-beu ». Coquecigrues ! La cousine tient l'excuse pour fuir le monde. Elle traverse le couloir, la face outrageusement maquillée. Et Marcelin se demande ce qui les lie, à part le sang, bien sûr. Elle ne participe à rien, ne s'implique dans rien, et passe son temps à surveiller ses rides, son poids et à se lamenter. Elle s'agenouille devant la statuette de Marie, les mains jointes, s'empêtrant dans les tentures. Pratique la génuflexion avant le déjeuner du matin malgré son arthrose qui lui tire des gémissements récurrents. Si Dieu existe, pourquoi ce monde connaît-il tant de misère et de tristesse ? Dans son corps court, épais, cylindrique, elle marmonne en pressant sa pochette de vitamines, minéraux, oligo-éléments. Elle finit par se relever, lourdement, sur ses jambes arquées. Elle

a toujours rêvé de devenir célèbre en posant dans les magazines pipole. En attendant, elle poireaute dans l'anonymat. Derrière ses verres de presbyte, elle consulte une brochure sur les clubs de dénutrition, qui propose aux adhérents de retrouver une nouvelle silhouette, belle, mince, lisse, tous frais payés par la Caisse Primaire d'Assurance Maladie. Pour la cousine, si économe en argent, comme en sentiments, c'est une chance inespérée ! Elle est du *ſtyle à planquer ſon dentier ſous l'oreiller pour reſevoir quelques pièſes de la petite ſouris*. Enfant, elle cachait déjà les billets de Monopoly sous le matelas. Pourtant, elle aurait de quoi investir dans une grande propriété mais préfère occuper un logement de trente mètres carrés, et envahir les autres. Dans le cliquetis de ses bracelets, elle parcourt des titres sur les rayonnages de la bibliothèque de son cousin. N'ayant pas plus d'imagination qu'un canasson, elle ne reconnaît pas un seul auteur, et grommelle :
— Que des écrivains morts et enterrés... laissant son index courir sur le dos des livres.
— Hou hou, Marcelin ? intervient Fossilia.
— Oui ?
L'homme pivote.
— Je troue votre concentration ?
— Tout juste, approuve Marcelin, arraché à son poste d'observation.
— Ah, je m'excuse, maître !
— On dit : excusez-moi, Fossilia.
Cette dernière agite la tête en signe d'ignorance et reprend d'une voix qui se brise :
— Vous êtes blessant. Pourquoi tant de dureté ?
L'homme joue au sourd pendant que Fossilia se soulève légèrement. La chevelure filasse, qui lui encadre le visage,

chatouille son nez. Dans un éternuement, elle propage des postillons de syllabes incompréhensibles, et toussote, avant d'articuler :
— Vous faites claquer des mots durs, avec une aisance déconcertante. Vous êtes névrosé, Marcelin.
— Possible. Je viens d'une famille rugueuse qui ne s'épanchait jamais, et mon rapport au monde ne peut pas être simple.
— Ni mot doux ni effusion d'aucune sorte ?
— Nan.
— Il y a du lourd côté trauma familial !
— Oui.
— Vous protéger est une nécessité, n'est-ce pas ?
— Qui demande une certaine sauvagerie.
— Votre esprit doit être un champ de bataille.
— Mais je vais m'en sortir ! Écrire me protège de la violence du monde et de celle de ma famille. C'est aussi une façon de parler sans être interrompu, vous captez le message subliminal ?
Sous ses beaux cheveux ébène en désordre, Marcelin s'emporte brusquement, les yeux exorbités :
— Ah, l'égrillarde sait garder la voix au chapitre ! Vous n'êtes pas mon psy, mademoiselle Je-sais-tout ! Il me faudrait vous bâillonner pour stopper votre logorrhée !
Cette phrase tombe comme un couperet, et Fossilia se ratatine, révélant une rangée de crocs tranchants tandis que la cousine se pointe, une main en visière car le soleil éblouissant inonde l'espace.
— Doux Jésus, que se passe-t-il ? Tu monologues, mon cousin ?
Marcelin se fige, laissant la question se balader dans la pièce. Ensuite récupère sa tasse d'arabica qu'il ingurgite

aussitôt pour digérer l'étroite ressemblance entre les deux femmes. Dans une foulée musclée, il obéit à sa tong REVIENS, s'approche au plus près de Fossilia. Se penche vers elle, l'emprisonnant dans un regard oppressant mais elle dérape, glisse, le visage défraîchi, l'épiderme grisâtre et poreux. Un rayon de soleil dévoile ses aspérités insoupçonnées : comédons noirs, taches brunes, rides creuses, poils disgracieux. Marcelin retarde l'instant d'intervenir. Quelque chose le travaille. Et pourtant cette situation ne peut pas durer, ni pour elle ni pour lui. Il a besoin d'exister, pas à travers une créature comme elle, qui prend trop de place et lui fait de l'ombre. « Il n'est pas trop tard pour dicter ma loi. Le cerveau est une espèce de petit monstre, et je connais mieux que quiconque les fissures de celui de Fossilia », peste-t-il, tapant du poing sur la table. Alors, tel un guerrier, il la secoue avec force, la ballottant comme une marionnette. Il pense qu'ils ressortiront tous de cette histoire, un peu modifiés. Et dans des cris perçants, Fossilia épouvantée le somme d'arrêter. La tignasse à présent ébouriffée, elle a l'air de sortir d'une centrifugeuse. L'homme en transe marque une pause, reprend son souffle, et sonde une à une chacune des deux femmes, parce que la cousine est à nouveau dans son périmètre. Manifestement, quelque chose ne va pas. Il semble bouleversé. Une bouffée d'anxiété le saisit. À cela s'ajoute une migraine épouvantable qui lui donne l'impression d'être dans le corps d'un vieillard. Toujours ces mêmes manifestations physiques qui l'immobilisent. La crise de spasmophilie est imminente. Et il cache son malaise derrière un rictus forcé. VIENS REVIENS VIENS REVIENS l'accompagnent dans son déplacement désordonné. Il chancelle mais se ressaisit. Au bout de cinq minutes, il reprend la maîtrise de sa respiration, lente et calme.

Fossilia, pâlotte, parvient à dépêtrer ses orteils poisseux des branchages entremêlés, prenant ainsi de la hauteur. Elle plisse les yeux et scrute la surface comme si elle ne l'avait pas vue depuis longtemps. Pourtant tout est à sa place. Même le greffier dans son panier, qui compte ses pompes en ronronnant. Réajustant sa tenue déchiquetée, elle s'aventure une énième fois près de Marcelin qui a aux lèvres, de façon soudaine, le sourire fourbe de celui qui va faire un mauvais coup.

— J'ignore pourquoi je suis venue au monde et pourquoi je dois le quitter. J'ai l'impression de dériver vers quelque chose qui m'échappe et me piège. M'entendez-vous, Marcelin ?

— Je fais de vous ce que je veux.

— Vous n'avez aucune pitié. Les asticots vont finir par me manger.

— Vous n'êtes même pas bonne à fertiliser le sol !

Fossilia déglutit sa salive et manque de s'étouffer. Des sueurs froides lui coulent dans le dos. Cependant un regain d'énergie la réactive, et la bouche en révolution, elle fulmine :

— Sortez-moi de là ! Je demande respect, considération, relief, pouvoir !

— C'est justement ce qui m'inquiète. Je ne suis pas préparé à gérer votre succès. Comme ma cousine, vous avez un ego surdimensionné et je ne peux vous dissocier. Votre ressemblance est si frappante, troublante, dérangeante.

— Mais…

— Vous n'êtes pas digne de tant de réussite, finalement. Je reprends les choses en main.

— Craignez-vous que l'élève dépasse le maître ?

— Insolente ! Prétentieuse, va !
L'homme foudroie Fossilia d'un regard mauvais, et se lancerait bien dans diverses manigances pour l'ensorceler. Au dernier chapitre, il pourrait ainsi, tour à tour, la changer en singe, hyène, cafard, voire la désintégrer, parce qu'il possède ce pouvoir de lui causer de nombreuses catastrophes. À deux coudées, dans un silence de mort, on voit la cousine se dandiner sur une chaise. Elle le fixe avec toute l'hostilité accumulée dans ses petits yeux vifs comme ceux des rats. Elle tourne à toute vitesse sa cuillère qui bat la mesure de son agitation, puis tripote sa pochette de comprimés miraculeux, vomissant ses habituelles jérémiades.
— Tais-toi donc, malapprise ! vitupère Marcelin raidi de colère et de poursuivre :
— Misérable fille, tu m'épuises et m'exaspères avec ton égoïsme, ton fric, tes rides, tes pilules et tes kilos ! Pourquoi viens-tu m'empuantir l'air chaque été ? Parce que c'est gratuit ?
Laissant parler son instinct animal, la cousine grogne et remet le nez dans son bol en redoublant d'intensité ses grands shloups. Boit avec une telle nervosité que le liquide, marronnasse, ruisselle sur son menton. Elle se redresse devant son yaourt maigre et son café qui a l'air d'une affreuse lavasse, parce qu'elle le coupe toujours avec de l'eau. Attrape ses gélules en bafouillant d'impuissance, les lèvres souillées. Et regagne la chambre, la semelle spasmodique. Cependant, elle rate une marche. Un appel déchirant traverse les murs. Sa bouche a cogné la rampe de l'escalier. Un blanc s'installe. Marcelin qui plane immobile commence à se demander si elle n'est pas morte. Mais on entend la cousine lancer des jurons féroces. Un claquement

sec de porte. Puis plus rien.
Zieutant son raminagrobis, Marcelin reprend du poil de la bête, et laisse fuser ses pulsions :
— Je vous ai offert une vie reliée au monde, au mien, à mes propres palpitations mais c'en est fini. Vous allez ficher le camp d'ici mais, pas comme vous pensez. Je ne vous relèverai pas. Vous ne serez pas mon héroïne, d'ailleurs vous êtes loin d'en avoir l'étoffe !
— Marcelin, que faîtes-vous ?
Trois options s'offrent à lui : il doit choisir entre la fuite, Fossilia ou la cousine. Sang aux tempes et geste assuré, il s'empare de la pelle, menaçant.
— Vous mangerez les pissenlits par la racine, crève-la-faim !
Et dans un afflux d'adrénaline, il tape, tape fort sur le crâne de Fossilia qui s'enfonce dans le sol humide et meuble. Serait-ce qu'il l'enterre ?
— Je vous ai créée mais je peux aussi vous ensevelir à jamais. Je ne vous verrai plus, et vous, vous ne verrez plus jamais rien !
La pauvre fille pousse des cris stridents mais il fait peu cas de sa détresse. Et il frappe un bon coup, l'ultime.
— Allez au diable !

La tension emmagasinée retombe comme un soufflé. Marcelin jette un œil vers son tigre de salon. Assis, les vibrisses conquérantes, l'animal n'a pas perdu une miette de la saynète. Dans sa petite caboche, se joue une mélodie de *Happy end* et, par un doux miaulement, il ramène son maître à plus de tempérance.

— Vois-tu, minet, ce n'est pas si compliqué de monter une vie, encore moins de la démonter.

C'est en fermant le livre que tout s'arrêta.
Nausées. Tachycardie. Sueurs. Tremblements.

7
Aliéné

Le ciel est sombre, menaçant. L'horloge marque seize heures lorsque la pluie s'acharne sur la ville. Haletante, elle arpente la rue des Anges. Se prend les pieds dans son pantalon trop long, risquant de tomber dans sa nouvelle vie sans que son époux n'ait même besoin de la pousser trop fort. Elle a laissé un message de détresse sur #balancetonporc puis a quitté la maison. Il lui faudra du temps pour apprendre à respirer loin de lui. Peut-être lui pardonnera-t-elle d'avoir vampirisé sa vie durant trois ans ? Trois longues années de soumission. Elle compte ses pas boiteux et vacillants qui la dirigent vers le commissariat. Pourtant elle est morte de trouille. Les automobilistes klaxonnent. Elle voudrait être sourde. La migraine ne la lâche pas depuis la nuit passée. Déchaînée. Cruelle. Guerrière. Une de plus. Il clabaudait en montrant le poing, le regard implacable et la lippe méprisante. Ses ecchymoses à la tête la conduisent jusqu'ici. Elle avalera des antalgiques plus tard. Elle ouvre son parapluie et traverse la rue, l'œil droit ensanglanté mais survivant. La pluie dense tombe en oblique formant un rideau de fer, empêchant une bonne visibilité. Cependant, elle devine les gyrophares tournoyants. Le commissariat est proche. Encore quelques pas. Soudainement percutée, elle s'échoue dans un hurlement, une main tendue vers la voiture rouge meurtrière, familière, qui s'éclipse.
— Mon Dieu ! s'écrit un témoin sous son parapluie.
Ce vendredi 13 lorsque le mari est venu à la morgue reconnaître ce qui restait du corps de son épouse, il a seulement dit :

— Dors mon ange, je suis là…
Quelques points de suture au front, il dira qu'il est tombé.
— Docteur, pourquoi lui fermez-vous les yeux ?
Le psychiatre lui a dit de ne pas s'en faire.

Assis sur une chaise, l'homme ne voyait vraiment pas pourquoi il aurait dû s'en faire.

8
Douceurs dominicales

Charlotte pose précautionneusement les onze gâteaux dans une grande boîte cartonnée, bientôt nouée d'un ruban bleu. Je paie avec triomphalisme, saisis l'emballage par la ficelle et place quatre baguettes rousses encore chaudes sous mon bras. Je sors de la boulangerie en sifflotant, le sourire éclatant. Je sautille sur les trottoirs fériés. La journée commence et le meilleur est dans le paquet. Intronisé *gâteaulogue*, je me charge du dessert dominical - ô combien symbolique - toujours composé de pâtisseries personnalisées. Récapitulons : un opéra ravivera les souvenirs de danseuse de ma mère ; une tartelette aux pignons contentera mon père, natif des Landes ; un pet-de-nonne satisfera ma tante, un vrai garçon manqué ; un saint-honoré régalera son mari italien Panettone à la brioche naissante ; une tropézienne comblera ma sœur Madeleine qui rêve de célébrité ; un paris-brest fera voyager son homme de la Creuse ; une génoise aux fraises consolera ma cousine qui fait toujours une tronche de cake ; un pudding - *tank you veri moche* - apaisera son compagnon anglais un peu coincé ; une religieuse au café titillera monsieur le curé, mon frère ; un mille-feuille rassasiera ma nièce, écrivaine - bientôt célèbre ? - qui noircit des centaines de pages ; enfin un fondant au chocolat m'apportera ma dose de théobromine, essentiel à mon équilibre émotionnel.

Ma mère m'attend dans la cuisine. Je lui montre la boîte enrubannée. Comme un sésame. Ça la soulage. Une touffeur de volaille rôtie, à peine sortie du four, enflamme

mes papilles.
— À table ! nasille ma sœur en clignant de l'œil avant de ricaner bêtement et de s'éloigner, le gallinacé à bout de bras. Fasciné, je la regarde osciller résolument des hanches. Elle aurait - dit-on - la cuisse légère. Cette poulette a du chien, assurément, et pose avec jubilation le plat fumant près des assiettes.
Le premier dimanche de chaque mois, les convives de bonne chère endimanchés comme des premiers communiants se pressent autour de la table fastueuse. Avant la parade des desserts, se succèdent des asperges tendres, des pâtés croustillants et la volaille farcie fleurant bon les herbes du pays, entourée de haricots verts en fagots bardés de lard, devant les yeux riboulants de la famille.
Ma mère, restée dans la cuisine, qui se désespère de me voir toujours célibataire à trente-cinq ans, piaille dans un cri de vaisselle :
— Fiston, il est beau, non ?
— Pardon ?
— Le volatile.
— Qui ?
— Ben, le poulet pardi, ton plat préféré !
— Oh… oui, oui, il semble délicieux, m'man.
— La peau croustille comme tu aimes.
— On va se régaler !
— T'as vu la bête ?
— Mouais.
— Une gauloise dorée de deux kilos quatre cents !
— Sacrée bestiole, m'mam !
— Tu l'as dit, mon fils.
— Hein ?

Ma mère se tient maintenant dans l'entrebâillement de la porte de la salle à manger, une cocotte fleurie à la main, remplie de pommes de terre sautées.
— En plus d'être sourd, mon poussin, tu deviens gâteux, me caquette-t-elle frétillante, deux octaves plus basses, en plaçant le récipient - chaud devant - au milieu de la nappe imprimée.

Tandis que mon père découpe délicatement les sot-l'y-laisse, je me mets à caramboler des idées dans ma tête en zyeutant avec gourmandise les gâteries sur le buffet. Je perçois des effleurements, des frémissements, des frissonnements, des susurrements, des ronronnements : une fraise a glissé sur la religieuse qui s'est couchée avec le père saint-honoré, enlacés chou contre chou. C'est fondant à voir. Voilà que le pet-de-nonne s'en mêle dans un bruit étrange et sonore. Ça tourne - ô délices - dans le flonflon joyeux des petites cuillères impatientes. Mes genoux font la fête sous la nappe joliment décorée. Je jette un coup d'œil à la carcasse de la volaille et je suis l'homme le plus heureux du monde sous le regard attendri de ma mère poule, côté jardin, et celui, espiègle, de ma gélinotte de sœur, côté cour. Soudain, mon père est devenu tout pâle. L'os du poulet est mal passé, et la vie aussi.

Depuis, c'est sa mort que l'on commémore le premier dimanche de chaque mois.

9
Rendez-nous notre rêve

Monsieur le Conservateur,

Nous soussignés, Rose, Célestin, Charlotte, Florentin, Coriandre, Romain, Violette, Pierre, Jasmine, Olivier, Églantine, Sylvestre, Capucine, écrivains un jeudi par mois, avouons par la présente en pincer éperdument pour Savarin, notre animateur de l'atelier d'écriture *La Thaumaturgie*. On ne lui a pas dit de vive voix parce qu'on est timides mais on profite de cette lettre pour publier nos sentiments. Deux pages d'un message pour Savarin, ce n'est rien de trop. Et pourquoi on l'aime, Savarin ? Parce qu'il est l'efficacité d'un professionnel à notre écoute, délicat comme un coucher de soleil, et qu'il sait nous tirer des mots, effilochant nos imaginaires. On l'aime surtout parce qu'il est un être de générosité, d'humilité et de douceur ; l'antidote à la bêtise, à la frustration, à l'angoisse, à la société de consommation, à la course effrénée et aux nouvelles technologies qui font des ravages. Avec lui, on ne passe pas son temps à se révolter ou à se désespérer. On ne se cogne pas à la médiocrité. On a mieux à faire. On sort de la morosité ambiante, du poids des misères humaines, des catastrophes annoncées dès lors que l'on pénètre dans la salle magique. Avant même de s'y installer, la pièce bourdonne de chuchotements bienheureux. On jouit déjà d'une émotion, Savarin de son idée. On devine l'impact de sa nouvelle fantaisie qui réunira l'opinion générale. On s'allie à la bonne humeur, se raccrochant à l'humanité qui emplit l'espace. Avec Savarin, pas besoin de code-barres pour s'identifier. Il ne nous scanne pas. Jamais.

Contrairement aux automates qui, eux, accélèrent les transactions et affaiblissent le lien social. Autant de merveilles de technologie qui déshumanisent des métiers pour les réduire à des simples boulots de technicien. « Le monde ne mourra jamais par manque de merveilles mais uniquement par manque d'émerveillement ».[5] Savarin, lui, a le relationnel généreux, l'œil franc, le sourire majestueux, le dialogue pertinent. Débordant de sensibilité, il clame son adage : Émerveillons-nous de mille puérilités ! Il voit la beauté dans les fragilités, les différences, et l'œillet pimpant à la boutonnière, il prend de petites inspirations car le jeu va commencer. La pomme d'Adam frétillante, il annonce le thème, la contrainte. Tous les yeux agrandis se tournent vers lui dans un même élan. Il nous propose une palette de couleurs où toutes les nuances de gris sont autorisées pour maquiller corps et décors. On se laisse envahir lentement par la fragrance de nos pensées. On attrape la feuille, le crayon. On s'enferme dans l'écriture, sourds aux nuisances extérieures. Nos doigts se déverrouillent, nos méninges s'enflamment. Convoqués par Savarin, des anges lumineux nous visitent, nous aidant à accomplir nos souhaits. Swingue alors au-dessus des tables une excitation neuronale douillettement palpable. Moment puissant et orgastique nous transportant entre les brumes d'un monde à part. D'un geste gracieux, Savarin nous indique la fenêtre entrouverte où un délicieux panorama se déroule devant nos yeux émerillonnés. Le soleil est abondant, le ciel pur, l'air parfumé, comme tout vit et enchante autour de nous. Dans cette muette contemplation inspirante, on sort des

---

[5] Gilbert Keith Chesterton (1874-1936).

codes, on panache les genres, bousculant nos repères. On construit, compose, rature ; nos idées paraissant et disparaissant à volonté. On tient à cette liberté de création, cette capacité de rêver, renouant avec notre cœur d'enfant. Des univers diversifiés, multicolores, bouleversants, nous font voyager. Des horizons lointains que nous ne verrons jamais en vrai. Mais que notre imagination est grande ! Certains textes sont de vraies pépites. Nous vibrons à leur lecture des minutes durant. Écoutons d'un air songeur. Imaginons des avenirs radieux. Des scènes plus belles les unes des autres, et selon le lieu, le spectacle devient surnaturel. Alors on frémit. Frissonne. Jubile. Heureux dans l'échange. Et cette complicité anéantit les barrières qu'imposent la bienséance, la bonne éducation et les repères conventionnels. Savarin a incontestablement sa place au sein de la culture, parce qu'il nous sort de l'ordinaire en nous offrant l'extraordinaire. Ô combien on y gagne du plaisir à être ensemble, à partager nos histoires dans ce climat serein qui dure ce qu'il dure - seulement deux heures par mois - mais qui est toujours bon à prendre et beau à voir, loin de la réalité à la peau souvent si épaisse.

Cependant, une question nous taraude : où trouver la baguette magique qui le ferait réapparaître dans l'enceinte de la bibliothèque ? Comme on n'est pas dans une fable, on ne conclura pas, mais on vous laisse le soin, monsieur le Conservateur, de reconsidérer votre décision quant au retour de Savarin si injustement évincé, reconduisez son contrat.
Rendez-nous notre rêve.

Respectueusement.

Rose, Célestin, Charlotte, Florentin, Coriandre, Romain, Violette, Pierre, Jasmine, Olivier, Églantine, Sylvestre, Capucine.

10
Chacun place son horizon

Monsieur Oubliette est sans parents ni amis pour lui faire la conversation. Seuls un appareil photographique et une casquette sortie d'un film de Pagnol l'accompagnent. Fanny n'a jamais vu d'humain si mal loti. La nature ne l'a pas épargné. Un grand maigre dans un habit noir semblable à celui des croque-morts, au visage anguleux taillé à la machette, et aux cheveux corbeau qui s'obstinent à ne pas blanchir. Il claudique, de surcroît. Un souvenir de sa gestation acide. Sa teigneuse de génitrice, drapée dans un vieux fichu datant de la préhistoire, l'obligeait à se cacher dans sa chambre, le fouet claquant et le rire moqueur :
— Toi, l'échalas, rentre immédiatement !
Et elle lui vomissait tous les noms d'oiseaux derrière la porte. Puis elle entamait ses minauderies pour le facteur, regard perçant et aigre de vieille chatte. Mais le fiel maternel ignorait que ces enfermements récurrents n'amputaient en rien les envies du marmot. Au contraire, ils aiguisaient sa curiosité et animaient son esprit aventureux. Ainsi cloîtré, le minot, pâlot, voyageait dans les photos du calendrier de la Poste offrant une palette animale, qu'il ne manquait pas de collectionner. À travers les barreaux de la fenêtre, ses yeux écarquillés avalaient tout ce qui frissonnait à l'extérieur. L'enfant aimait scruter le ciel, toujours traversé par un moineau qui semblait lui dire bonjour. Une musiquette sortait du petit bec. Le garçonnet et le passereau calé sur une branche du cerisier engageaient un dialogue, se chuchotant des confidences, intimidés. Souvent le gamin lançait du pain dur aux pigeons et aux tourterelles qui squattaient le toit du poulailler, couvert de sagne. Ces

moments suspendus enivraient le petiot qui goûtait ces instants enchanteurs par des gestes alentis.
Désormais, sa demeure est comme un moulin livré aux quatre vents. Sa vieille carcasse y entre et en sort à sa guise. Il savoure sa liberté, un sourire resté dans le ventre de sa vacharde de mère fossilisée.
— L'extinction d'un cœur empierré n'est pas une perte pour la science, avait-il clamé, fougueux, au cimetière, comme un taureau lâché dans l'arène.
Fanny renonce à décrire la laideur de son voisin, c'est au-dessus de ses forces, mais elle sait que le cœur de monsieur Oubliette est bon. Et elle est bien la seule à le savoir. À certains moments, elle aurait envie de le consoler, le serrer fort dans ses bras. Elle seule peut franchir le seuil de son gîte. À chacune de ses apparitions, telle une fée, elle lui raconte les nouvelles du pays pour qu'il retrouve le goût de communiquer. Ensuite seulement, l'homme livre timidement des fragments de son histoire, retournant la bourbe de ses souvenirs. Il lui confie ses peurs abyssales comme s'il craignait qu'un monstre marin ne sorte de l'eau et le dévore. Alors Fanny laisse les larmes laver son visage rond tandis que monsieur Oubliette jette son ancre dans le marigot.
Amoureux des oiseaux sauvages, particulièrement des cigognes, cygnes et flamants roses, il passe des heures à scruter la vie sur l'eau. À force de les observer, il a fini par leur ressembler. Avec ses jambes interminables, il adopte des attitudes bizarroïdes, identiques à celles du héron. Fanny le retrouve parfois campé sur une jambe comme ce grand échassier, devant sa porte palière à contempler ses photographies animalières en buvant de l'arabica dans un bruit caverneux. Chez lui, il caresse ses modestes tirages, les

manipule soigneusement, leur parle même doucement, sous le poster punaisé du cœlacanthe photographié par Laurent Ballesta.[6] À travers les fabuleux illustrés de ce biologiste marin et photographe talentueux, monsieur Oubliette découvre la beauté, la diversité et la richesse du monde sous-marin. Tous les matins, l'appareil en bandoulière, il boitille vers l'allée de cyprès, se laissant envahir lentement par le parfum d'évasion. Il devient le mistral qui ronronne, le merle qui chante, l'écume qui mousse, l'herbe qui pousse. Il flâne sur le sentier bordé de tamaris de la réserve naturelle avant d'atteindre l'étang. Sur ce site protégé, il coule des journées délicieuses près des joncs, roseaux, plumets qui dansent au gré du vent salé ; il se nourrit de cette diversité biologique. Le marais est calme avec une brume du diable à ne pas distinguer un goéland à deux pas. Ce n'est pas grave. Dans une heure, ce brouillard disparaîtra. Cet amateur de plumes en liberté pourra alors admirer la magnificence de ce paradis qui lui pousse des ailes, au point d'en oublier l'heure. Et le temps fait ce qu'il doit faire, il passe au rythme du ruisselet roucoulant. Dix, quinze minutes s'égrènent. À trois enjambées, monsieur Oubliette détecte la présence d'un courlis cendré près d'une roselière. À l'aide de son nez extrêmement long, recourbé vers le bas, il hume la vase retournée par une bécasse de mer déterminée à trouver des vers et autres invertébrés. Une avocette s'envole fièrement, un minuscule crustacé dans le bec. Soudain, deux fauvettes à tête noire chantonnent leurs plus jolis airs, perchées sur une pièce de

---

[6] Né le 15 mai 1974 à Montpellier, Laurent Ballesta est un photographe sous-marin français. Un des premiers à voir le cœlacanthe vivant dans son milieu naturel, dans le canal du Mozambique sur la côte-est de l'Afrique du Sud.

bois flottant. Il écoute la mélodie de ces belles effrontées et se laisse gentiment emporter par ce nouveau charme. Puis le soleil s'annonce et n'en finit pas de se gonfler sous ses yeux émerveillés. Comment ne pas admirer ce flamboyant spectacle ? Il lui donne une sensation de liberté, de vertige, de jubilation pure, de plénitude, de perfection. Cet astre généreux, majestueux, si rassurant, est prêt à couvrir d'or le paysage alentour, en maître des lieux. Monsieur Oubliette est bien heureux de cette présence rondouillarde qui lui offre son jaune d'œuf pour son petit-déjeuner. Là-haut, tout là-haut, à la cime d'un arbre, il aperçoit une mouette rieuse qui lui fait signe. En moins d'une seconde, sa main se crispe sur l'objectif. Il visualise, cadre, fait sa mise au point, presse sur le déclencheur et capture cette petite migratrice peu farouche. Ensuite, l'homme relève les pans de sa longue veste taillée dans le velours d'un vieux rideau et s'assoit au pied d'un gros chêne vert. Il écoute le marécage matutinal. Une pie bavarde en sautillant sur un tapis de mousse à côté d'une étrange touffe de salicornes. À quatre coudées, des canards colverts dorment après leur nuit agitée à barboter dans les points d'eau avoisinants. Pénétré par l'harmonie des vies environnantes, monsieur Oubliette respire profondément. Il se trouve mieux ici, plus chaudement que chez lui. Dans sa masure, il campe. Ici, dans son horizon, il demeure. Grisé de senteurs, ivre de musique, les pieds calés sur une racine, il s'endort le nez piquant dans son torse, la casquette tombante tandis qu'un roseau se plie à faire pleurer l'arbre aux glands. Il s'imagine dans l'océan indien, moulé dans un scaphandre aux côtés de Laurent Ballesta. Fier comme Artaban, il caresse le cœlacanthe, si vieux, si moche mais si proche, comme un air de famille.

Comment pourrait-il se douter que cet explorateur marin, convié par Fanny, l'attend devant son cabanon ?

11
Amor amor amor

Deux maisons face-à-face. D'un côté, un garçon ; de l'autre, une fille. Les deux adolescents se fréquentent. Si la société a décidé de faire la part belle aux rapaces, aux prédateurs, eux se sont mis dans une bulle secrète. Ils ont juste ce qu'il faut de maladresse, d'innocence et de roublardise pour faire rire tout le monde.

Aymé n'a pas le physique de sa sensibilité. Un grand garçon, massif, un peu lunaire, qui ne mâche pas ses mots, et il en dit de gros. Il chante ses rêves et ses chimères dans son univers plein de couleurs, de sons, de mouvements ; toujours prêt à semer des petits cœurs partout. Il porte un chapeau de paille blanchi par le soleil, qui cache de longs cheveux. Le démon de la chair le tenaille, il n'en dira rien. Sa petite amie est dans ses pensées, il la préférerait sur ses genoux. Il aurait bien aimé le lui révéler par texto avec plein d'émoticônes, surtout en ce 14 février, mais il a égaré son smartphone.

— Hou ! hou ! Tu fais quoi ? s'écrie-t-il à sa fenêtre.
— Rien de spécial. Et toi, dis-moi… Tout s'est bien passé ? demande Ventoline, les mains en porte-voix.
— Ouais. J'ai fait un bisou d'adieu à ma grand-mère.
— C'était bien la tienne, au moins ?
— Très drôle.
— C'est bien celle qui planquait des préservatifs à la fraise avec les poireaux et les carottes dans le bac à légumes du réfrigérateur ?
— Affirmatif.

— Cocasse, mémé, hein ?
— Ouais, un peu foldingue mais rigolote !
— Zou, j'arrive, tu vas me raconter, répond l'adolescente en claquant la porte vitrée.

Ventoline traverse la rue qui les sépare. Elle a visiblement besoin d'air. Elle est une fille vive et amusante, un peu glauque. Des yeux vairons qui lui font un regard d'hypnotiseuse en puissance, jolis, s'il n'y avait le charbon tout autour. « Je t'aime, je t'aime », se murmurent-ils sur le paillasson dans un barbouillis de bisous. Le cœur battant, les mains moites, le souffle court, elle parle avec fébrilité, comme si elle était en danger. Aymé sent l'haleine chaude de son amoureuse arriver sur son cou, et des idées coquines tournicotent frénétiquement dans son cerveau fiévreux. Il lui laisse quelques secondes de répit, lui souriant jusqu'à s'en décrocher la mâchoire et l'appareil dentaire qui va avec. Il montre une langue volumineuse qu'il agite de haut en bas, de droite à gauche en contemplant le tee-shirt noué de sa chérie, qui dévoile son joli petit ventre tout blanc. Il parvient à la ceinturer. Il la soulève. Elle se débat. Il la redescend, la plaquant contre lui, puis la serre de toutes ses forces. Ils sont alors tourneboulés par de délicieux émois frissonnants et leurs dents s'entrechoquent dans une bave spumescente. Une minute s'est écoulée quand Ventoline couine et agite les bras pour signaler qu'elle est en détresse et qu'il est temps de stopper. L'apoplexie n'est pas loin et ce maudit couvre-chef lui est entré dans l'œil. Le jeune gredin, visiblement excité, récupère sa langue, ouvre grand les yeux, s'écarte, et réajuste le rebord de son panama.

— Bon, oui, parfois, ça déborde, dans le temps, dans la

forme, dans le jeu, mais c'est que du bonheur, non ? lui dit-il, riant gauchement.
La jeune femme pouffe à son aise en émettant de petits gloussements tandis qu'Aymé enchaîne :
— Eh bien, avec toi, Ventoline, je mange du bonheur depuis un an aujourd'hui, sache-le.
— Et moi, les restes de tes repas !
— À la bonne heure ! Nous nous nourrissons l'un l'autre !
— Ouaaah ! T'es en forme, tu vas faire trembler ton QI !

Un ange passe. Peut-être même la fée Clochette. Les amoureux de Peynet tracent aussi leur chemin tandis qu'Harry Potter se marre derrière un tronc d'arbre, pendant que Ventoline s'essuie la bouche ostensiblement.

— Au fait, tes parents étaient ensemble à l'enterrement ? crachote-t-elle.
— ...
— Hou hou, Aymé, allô, quoi !

Le jeune mâle trépidant arrête de gesticuler, parce que les images sombres de ses parents qui se déchirent tourbillonnent sous son chapeau. Les iris, soudain embués, il bafouille :

— Ouais, ils étaient là, l'un à côté de l'autre. Ça faisait bizarre, surtout en ce jour particulier. Tu sais, je n'aime pas toutes ces émotions négatives qui me salissent et m'encombrent. C'est une véritable épidémie, toutes ces séparations. Pourvu que nous n'attrapions pas le virus de la *séparatite*, toi et moi. Parce que c'est bon l'amour à portée de pantoufles, hein, ma Ventoline ?

Et le damoiseau ressent d'intenses vibrations qui le poussent en avant et le mettent dans l'énergie d'amour. Il se cale contre sa jouvencelle, frôlant son ventre dénudé parce qu'il veut toujours être connecté à elle. Ventoline enfouit son regard bleu-vert dans celui d'Aymé et lui suggère un selfie pour réparer son cœur blessé.

— Peux pas, j'ai paumé mon portable, répond le jeune homme.
— Ah, pas cool ! C'était quand la dernière fois où tu t'en es servi ?
— Aux obsèques de mémé.
— T'as refait le chemin à l'envers ?
— Ouais, deux fois.
— T'as demandé aux croque-morts ?
— Nan, pourquoi ?
— Ben… Ah, tiens, ton fixe sonne.
— J'y vais.
— Allô, ici l'entreprise des pompes funèbres…

Ventoline se mord violemment l'intérieur des joues pour ne pas exploser de rire. En se penchant, Aymé a laissé tomber son cellulaire dans le cercueil.

Mamie a du réseau, parce que les fossoyeurs ont perçu la mélodie «Amor amor amor, ces petits mots un peu rétro qui nous font rire, amor amor amor… ».

12
L'amour rend aveugle

Quand mes yeux commençaient à distinguer la porte, je consultais ma montre et, si je ne t'apercevais pas, mon regard errait dans le vide. À travers l'unique fenêtre, je regardais le ciel lumineux et contemplais avec délice les étoiles scintillantes. À ton arrivée, tes pupilles m'éclaboussaient de paillettes. Je cherchais dans ton regard irisé ce que nous pourrions devenir ensemble. Je lisais sur ton front tes désirs. Nos yeux ne cessaient de se croiser, l'amour s'en échappait et ton clin d'œil me rassurait. Je tenais à toi comme à la prunelle de mes yeux. Je te le démontrais avec beaucoup de tendresse. Ta seule présence rassasiait mes iris mordorés si gourmands. Ô, ces instants bienfaisants qui remplissaient nos cœurs, nos corps, nos âmes et nos esprits !
Mais ce jour-là, un nuage a voilé ton regard. J'ai observé tes mimiques. Nous nous sommes jaugés longtemps, les pupilles dilatées dans la nuit. Tu t'es perdu dans des calembredaines avant de me considérer froidement. Tu m'as dévisagée l'air railleur, avant de t'éclipser. Par cette même fenêtre, le regard triste, désenchanté, je t'ai suivi de mes yeux embués. Dans la rue, tu as donné la main à cette étrangère. Tes manières d'histrion m'ont causé la plus terrible révolution. J'ai toisé cette inconnue au regard pénétrant, dévorant, dirigé vers toi, et le mien était rempli de haine. Puis j'ai jeté un œil furtif dans mon miroir qui ne savait plus me regarder. Je me suis détestée.
J'ai examiné avec effroi ta lettre que tu avais laissée discrètement sur la table. J'ai entrevu des événements douloureux… Tu avais remarqué cette femme depuis

quelque temps. Alors que moi, je ne voyais que toi. Comment était-ce possible ?...

Tu ne t'aperçois pas de la douleur qui me ronge maintenant. Dans le torrent de mes larmes, je vois tout et plus rien à la fois. Tiens, lis, lis ma réponse à ta lettre, scrute-la, imprègne-t'en. Trouveras-tu ensuite la force et le courage de fixer tes yeux dans les miens, une dernière fois ? Regarde ton œuvre...

Mon amour est aveugle depuis que, par ta faute, je me suis défenestrée.

13
Que du bonheur !

Tu as passé une mauvaise nuit, avec en prime un mal d'estomac que la prise de médicaments parvient difficilement à soulager. Ton système digestif est douloureux depuis plusieurs jours. Sans s'embarrasser de préambule ni d'une éventuelle négociation, ton compagnon t'a annoncé qu'il tenait absolument à se rendre à ce mariage. Pour lui faire plaisir, tu lui as dit : si tu veux. Mais honnêtement, toi, tu t'en moques. Tu ne connais même pas les futurs mariés. Alors, à contrecœur, tu passes la matinée à t'apprêter et à préparer les affaires pour une nuit à l'hôtel. Tu préférerais mille fois musarder le week-end peinarde à la maison, après une promenade matinale dans la campagne. Tu ne marches plus depuis plusieurs semaines à cause des invitations qui se succèdent, te contraignant à supporter des déjeuners qui s'éternisent. Tiens, tu étais déjà à Marseille le week-end dernier. Tu vas finir par avoir une indigestion de cette ville. Tu préfères les coins reculés, loin des grandes agglomérations bitumées et de l'empressement urbain. Pas si innocent, ce mal d'estomac, finalement. Bon, vas-tu te décider ? Ton cerveau échafaude de nombreuses pistes de réflexion. Tu fouilles, farfouilles… Robe ? Pantalon ? Chemisier ? Tunique ? Escarpins ? Sandales ? Ton air dubitatif en dit long. Dans un soupir, tu t'assois sur le bord du lit près du monticule de linge qui marque ton indécision. Pourquoi s'en faire une montagne ? Demande à ton chat. Il est parfois de si bon conseil. Sauf qu'aujourd'hui il s'en moque éperdument ou bien il cache ses sentiments, contemplant le paysage par la baie. La météo a prévu un ciel capricieux, voire pluvieux. Tu ouvres la fenêtre et confirmes. Un été pourri, décidément. Tu optes alors pour un pantalon et des manches trois quart. Plus sage. Ne manquerait plus que tu reviennes enrhumée. Valise dans le coffre, clefs dans ton sac, tu t'installes derrière le volant, ton sigisbée refusant de conduire par une gracieuse mimique. Bon, envolons-nous pour une journée de joyeusetés marseillaises ! lâches-tu dans l'habitacle, l'adrénaline souveraine. Un rictus de ton compagnon répond à ton enthousiasme.

Tu empruntes l'autoroute, et tu te tapes deux cents kilomètres, après une semaine de dur labeur. Ton homme reste taiseux. Tu tolères son silence. Le temps a fait son travail d'érosion. Les mots sont devenus plus rares et les moues plus nombreuses. Être à deux ne garantit pas le bonheur systématique. Ton bonhomme est « ta troisième grande aventure ». Au début, tout nouveau, tout beau. Puis la routine s'est installée et a pris toute la place. Faut reconnaître qu'il n'est pas trop causant, ton homme. Et pas vraiment entreprenant non plus. Le bougre, il s'est même endormi, à la place du mort, le menton dans sa cravate à pois. Ton histoire se répète, finalement. T'escrimerais-tu à reproduire ? Le bonheur est un piège dans lequel tu es plusieurs fois tombée. Mais bon, ton mec est là, à tes côtés, tu fais avec, hein.

Tu arrives en plein trafic marseillais, et des travaux, comme toujours. Ton GPS est perturbé, complètement déboussolé par ce nouvel aménagement de voies truffées de ronds-points, et de sens interdits à la pelle. Il s'affole, pauvre bête.

Entraînement au bonheur : tu tournes, tu cherches, tu te trompes, tu recommences.

Heureusement, tu as la climatisation dans la voiture, car il fait une chaleur lourde, véritablement lourde. Et ton compagnon qui couine à tes côtés. Tiens, il s'est réveillé. Toujours très aidant dans les situations délicates. Tu es prête à ficher ton billet qu'il va grogner. Bingo ! Le voilà qu'il s'enhardit, pestant après les ralentisseurs. Ça sent la bonne humeur à plein nez.

Ô victoire, tu te gares. Sors des piécettes pour l'horodateur. À pied, tu tournes, tu cherches, tu te trompes, mais tu ne recommences pas. Tu interroges un bipède qui charge sa progéniture sur la banquette arrière de son break. Deux yeux bleus plantés au milieu d'un champ de rides t'aimantent. Il t'indique la mairie avec de grands gestes. Il parle vite. Tu ne comprends rien. Il reprend, t'expliquant plus calmement. Merci, dis-tu, avec un sourire généreux. Et les iris pers détalent comme si le diable était à leurs trousses. Le sublime partage des énergies te fait te dépêcher car tu es presque en retard. Enfin, tu crois être en retard. Hourra, tu es arrivée. Il y a du monde partout. Tu vois une tête connue au milieu de la foule. Youpi, tu fonces et tapotes sur l'épaule. C'est une sœur de ton concubin. Coucou, c'est moi. Salutations d'usage : Salut, ça va ? Quelle galère ! Enfin, tu es là, c'est l'essentiel. Tu veux oublier ton parcours labyrinthique en t'intéressant aux discussions qui t'entourent alors que tes mirettes fixent les futurs mariés. On fait les présentations, bonjour, enchantée, c'est le grand jour ! Tu clames tes félicitations, mais on te répond : chut, non non, pas maintenant, après la cérémonie. Tu étais trop en avance, peut-être déjà pressée de rentrer ? Des têtes s'éloignent, se croisent, se rassemblent, papotent. Tu remarques d'autres robes de mariées dans ce grand parc plus bétonné qu'arboré. Des mariages à l'appel, cinq si tu as bien compté. À croire que les unions urbaines se déroulent ainsi. Côté originalité et romantisme, ce n'est pas le top mais tu t'en moques, ce ne sont pas tes noces, après tout. Si un jour tu devais épouser un gentil mâle, les festivités se dérouleraient dans un village. Murs de pierre, pieds nus dans l'herbe, bouquets de pissenlits et coquelicots, des épousailles bucoliques, quoi.

Attention, séance photos, ton compagnon a sorti l'artillerie lourde : son Nikon 700. Il a retrouvé ses sœurs, alors il mitraille. Elles sont toujours partantes pour des photographies familiales. Serrez-vous, les frangines, souriez ! Tu respectes leur intimité. Toi, tu n'es pas autorisée à être dans le cadre, tu n'es qu'une pièce rapportée, et encore, même pas mariée avec leur frère. Le ciel menace un peu, mais tu demeures optimiste. Une des sœurs veut aller récupérer son parapluie dans sa voiture, parce que sa teinture risquerait de dégouliner, a-t-elle chigné. Tu restes impassible. Tu n'as pas envie de l'accompagner. Après tout, c'est elle qui n'a pas voulu que tu sois sur les clichés. Alors qu'elle se débrouille avec sa coloration orangée. Elle doit avaler cinq cents grammes de carottes râpées quotidiennement, parce que ça ressort vraiment par les racines. Aucun commentaire.

Un chahuteur surgit dans le morne paysage : il lance un pétard. Toi, tu l'as vu faire : le môme était caché derrière un tronc d'arbre. La foule a eu des soubresauts ; certains ont même déguerpi. Un carrousel de visages anxieux prend forme. Nous sommes devenus des zinzins obsessionnels. Bienvenue à Paranoland ! Faudra apprendre à vivre avec les horribles souvenirs des attentats de Paris. Grrr, ne fais plus ce genre de farce, gamin ! Bon, le calme revient. La pression baisse. Le soleil en profite pour s'inviter et décide même de

faire son beau. À la bonne heure ! Les appareils photo se remettent au boulot. Ça piaille dans tous les coins et dans des poses parfois ridicules. Certaines célibataires se laissent lutiner par le photographe professionnel réservé pour l'occasion. Un mec qui joue les durs avec un sparadrap au front et un coquard à l'œil droit. Toi, tu décides d'aller aux toilettes avant la cérémonie qui se fait attendre.
Au fond du parc à droite, désigne le panneau dont la flèche pointe vers le local à poubelles. Un petit coin de paradis perdu qui met ta curiosité à rude épreuve.

Entraînement au bonheur : tu tournes, tu cherches, tu te trompes, tu recommences.

Tu enjambes les immondices éparpillées. Les employés municipaux ne sont pas fichus de trier les déchets correctement, argh, tu pinailles ! Hey, faudrait pas une urgence ! D'autant que les averses nocturnes ont rendu l'allée boueuse et glissante. La seule à ne pas être bitumée mais agrémentée de jardinières fleuries. Un quarantenaire te double à vive allure, filant vers les aisances en se tenant les boyaux. Toi, tu t'attardes dans la contemplation de magnifiques érables rouges qui sortent de pots débordant de terreau. Quand tu penses que tu n'es pas capable de conserver un bouquet de fleurs plus de vingt-quatre heures, tu bisques un iota. « W.C. » est inscrit en grosses lettres marronnasses sur une porte sans verrou. Pas vraiment hospitaliers, les cabinets. La poignée grince méchamment. Ça change des sanisettes ! Vois le côté positif, au moins ici, tu ne payes pas ! Ni lumière ni papier, mais bon, on ne va pas chipoter. Tu te débrouilles avec tes kleenex, sortis du sac. Pas question de poser ton postérieur, parce que la lunette est mouchetée. Faudrait pas en plus se coller des bactéries aux fesses. Tu es sur le point d'abandonner ta miction, ton gynéco t'a conseillé de muscler ton périnée, mais ton envie est plus forte. Alors tu vises comme tu peux dans la cuvette. Tu profites allègrement du relâchement de ton voisin d'à côté, car une bonne navigation commence par un bon transit, c'est ton gastro qui te l'a dit. Tu en es là de tes réflexions quand la sirène des pompiers retentit dans la rue. Tu vas ficher le camp d'ici dare-dare, parce que l'odeur pestilentielle, qui remonte de la tuyauterie et qui s'infiltre sous la porte, réveille tes nausées. Tu grimaces, forcément. Avec une senteur pareille, ça te collerait presque aux carreaux. La chasse d'eau est fébrile, elle te reste même dans la main. Tu la mets où ? Bof, par terre, elle ne tombera pas plus bas. Tu te mets en apnée au-dessus du lavabo bouché, pour te rincer le bout des doigts. Tu abandonnes cet endroit paradisiaque pour rejoindre les tiens, en marmonnant « Sale énergumène ! » parce que le mec toujours enfermé dans les latrines se dispute avec ses borborygmes et ses flatulences.

Dehors, inspire, expire profondément. Les pieds rivés à la boue du chemin, tu laisses traîner ton regard au loin avec délice. Il semblerait que le grand moment arrive. Une agitation se dessine. Des jambes s'activent. Escarpins et mocassins sont tout excités. Ils se regroupent et sont conviés à pénétrer dans la mairie au premier étage. Tu laisses passer. Tu n'as pas envie de te retrouver coincée dans l'escalier. Un groupe de joyeux drilles se perd au milieu des invités. Ils vénèrent l'art de plaisanter et ne manquent pas cette occasion pour ambiancer l'espace. Le bonheur, vêtu de tenues raffinées, se roule en boule dans la montée des marches. Tu te retrouves en fin de cortège. La salle ne peut pas contenir toutes les personnes. Pas grave, tu restes dans le couloir. De toute façon, à l'intérieur, il fait une chaleur moite irrespirable. Tu te dresses sur la pointe des orteils, mais tu ne vois rien, car deux grands dadais se tiennent debout devant toi. Ce n'est pas avec ton petit mètre cinquante-cinq bras levés que tu auras une vision globale, hein ? Tu abandonnes et redescends sur tes talons crottés, ancrant tes pieds au sol. Un néon vissé au plafond, noir d'insectes collés, émet un bourdonnement entêtant. Les deux géants échangent des blagues triviales dans une articulation indolente, aux antipodes du bien-dire. Sympathique mais lourdaud, ce couple homosexuel très tactile. Autrement dit, des mains baladeuses qui ne cessent de se chercher. Tu tends l'oreille. Le blond a un phrasé lent, d'une lenteur déconcertante. Encore un qui n'a pas inventé la machine à cambrer les cintres. Tu aurais envie de lui arracher les mots à la pince à épiler. Mais bon, tu t'abstiens, ça ferait désordre. Tu perçois des échanges dans la pièce, entends des sons, sans vraiment distinguer les paroles, sauf le oui final. L'essentiel, en somme. Tout le monde est rassuré. Et le premier baiser marital dans cette salle dure une éternité... Bravo ! Ensuite ça discute, ça se congratule, ça se félicite. Les mariés prennent leur temps, normal, c'est leur journée. C'est un grand jour pour eux mais personne ne va s'en souvenir, encore moins s'en soucier. Les invités ont applaudi la fin de la cérémonie avec vigueur et soulagement. Toi, tu es prête à parier qu'il ne la gardera pas jusqu'à la Saint-Glinglin, lui brisera le cœur avant trois ans, à madame future ex Trouillot. Existait-il des sceptiques dans l'assemblée ? Bouh, quelle vilaine idée ! Certainement des fiévreux au bord de l'évanouissement, pressés de sortir. De ton côté, tu jouis du léger courant d'air en parcourant

distraitement les affichettes dans le couloir de la mairie : « À vendre robe de mariée portée une seule fois, par erreur ». Tu te retiens de pouffer pour ne pas te mettre en danger. Un impatient visiblement mal disposé te dévisage de ses grands yeux noirs en tripotant son briquet. Ses cheveux sont gris. Tu voudrais lui dire que le temps passe partout, mais son air peu engageant ne t'y invite pas. Ton frère, lui, les a tous perdus à la cinquantaine, mais ce mec qui tripatouille l'alarme incendie s'en fout, visiblement. Pas grave, tu laisses tomber. Tu rigoleras plus tard quand tu auras un petit coup de trop dans le gosier. Cependant, tu prends conscience qu'avec son mégot au coin de la bouche, ce gars pourrait déclencher la sirène et conduire à une évacuation générale. Tu lui lances un regard inquiet. À cet instant, branle-bas de combat, ça bouge ! Tu sors de ta torpeur, t'écartant, car la masse humaine en sueur sort de la salle cérémoniale. Beaucoup s'épongent le front. Tu pivotes vers la sortie, soulagée.
La descente des marches est le lieu de tous les possibles. Une dame myope comme une taupe a failli trébucher, rattrapée de justesse par un jeune homme au teint syncopé. Néanmoins, le bonheur aux angles ronds se lit sur les visages. Immense escalier, rampe plantureuse. La mariée, avec sa taille de guêpe prise dans une jupe striée courte et son bibi noir, ressemble à une abeille. Elle est mince et musclée. Des jambes fines et nerveuses. Avec son abdomen rondouillard, le marié te fait penser à un frelon. Tu soupçonnes des varices et des chaussettes en tire-bouchon sous son pantalon noir. Mais la lune de miel est assurée, si l'on se fie à leurs œillades lascives. C'est sûr, il est un crapaud mort d'amour. Il enlace sa princesse avec fougue sous une pluie de confettis multicolores. Tu en reçois une

poignée en plein visage. Tu hésites entre rire ou hurler. Cependant, un éclair de lucidité te sauve. Ce jour doit rester festif. Tu ne ligoteras donc pas le plaisantin tout sourire. Ce diablotin a eu de la chance pour cette fois. L'heure est à l'amusement, aux causeries.

Sur un banc, trois vieilles harpies, des octogénaires, déversent des billevesées depuis une bonne heure, un éventail à la main. Vraisemblablement quelques histoires peu orthodoxes à avouer. Une valétudinaire à la margoulette d'enterrement répète à foison : qu'est-ce qu'on mange ? C'est pas l'heure, lui répond le barbon édenté à ses côtés. Ils sont tous venus chercher le soleil qu'ils avaient laissé hier à cet endroit. Subitement, un vol de lucanes traverse le parc. Tu courbes l'échine car faudrait pas que tu t'en prennes un dans les narines, déjà que l'air est irrespirable. Leur nombre est si important que le soleil est obscurci le temps de leur passage. Certaines dames chapeautées, fort bien apprêtées, tiennent fermement leur couvre-chef de leurs économies, en grommelant. L'une d'entre elles se démène avec un coléoptère joueur qui ne cesse de tourner autour des violettes en tissu de sa broche. Tu vas ficher le camp d'ici, oui, s'agace-t-elle en agitant les mains. Quelle idée aussi d'accrocher un engin pareil sur la robe ! Tu te dis que les gens ont mauvais goût avec leurs cocasseries d'un monde excentrique. Faut pas s'étonner si l'insecte la suit. Elle l'a bien cherché. Tu hallucines ! Elle écrase la bêbête sur sa poitrine et s'est même enfoncé l'épingle de sa broche dans la paume. Le sein a eu chaud. À proximité, une anecdotière sans joliesse ni fard, la main charitable, lui tend son mouchoir. Et la blessée s'éponge l'épiderme sanglant, la face blême. Tu n'appelleras pas les pompiers pour si peu. L'assaut passé, tu entends : qu'est-ce qu'on mange ? Le sans-dent, las de la rengaine, lui balance : comme dans les auberges espagnoles, il faut apporter son manger ! Ça lui a cloué le bec à la mamie qui s'est contentée de rognonner dans son coin. Elle a fait claquer son dentier puis s'est dirigée vers la sortie. S'est retournée et a craché : Paltoquet, va ! Entretemps, lassé par les commérages de ses consœurs, le papi s'était assoupi, le menton appuyé sur sa veste western, la canne entre les jambes.

Ensuite, prises de vue à droite à gauche. Tu te tiens à l'écart. Tu observes toujours. Tu rejoins les autres pièces rapportées, histoire de ne pas faire tache. Ton compagnon se régale. Le voilà fort zélé tout à coup ! Et re-photos tous azimuts, face, profil, grands, petits, aînés, jeunes, des nénettes bien sapées, événement oblige. Des gens qui seront immortalisés sous leurs plus beaux atours. Et ça dure, ça dure... sous une chaleur toujours plus humide. Le soleil s'est carapaté en silence, laissant aux nuages le soin de terminer la journée. Tu regrettes de ne pas avoir mis ta robe. Tes mollets auraient respiré. Tu vois les autres couples de futurs mariés qui attendent à la queue leu leu devant les marches, la mine pas franchement réjouie. Quelle inélégance ! Ça ressemble aux grandes surfaces lorsque tu attends ton tour à la caisse. À la différence que là, tu ressors avec un ticket à vie. Bon, on ne va pas gâcher l'ambiance. Ceci dit, tu as aussi remarqué qu'un bureau d'avocats se trouve juste en face de la mairie ; côté pratique pour les divorces. Tu marches, parce que tu en as marre de piétiner. Tu as mal aux jambes et aux pieds. Tes escarpins t'ont gentiment sculpté des ampoules. Tu aimerais t'asseoir et boire un verre d'eau fraîche. C'est vrai, tu as une bouteille dans le sac. Tu la sors et avales la dernière gorgée, tiédasse. Tu entends qu'on va peut-être s'extraire du site. Dieu soit loué ! Ta cochlée sursaute. En plein cœur de la ville ? Faut y retourner ? Direction le temple. Pour ton homme pas croyant pour un sou, te voilà contrainte de supporter à nouveau ses jérémiades dans l'habitacle, en plus de te coltiner les feux alternés sur les voies en travaux. Dans quel monde vit-on, tu te le demandes. Affronter à nouveau les encombrements citadins te met indubitablement en joie. Au fait, où est passé ton compagnon ? La chasse au mâle est ouverte. Tes yeux furètent. Par de grands moulinets de bras, il te fait signe qu'il s'introduit dans le véhicule de sa sœur aînée. À la bonne heure ! En voilà un qui ne s'encombre pas de délicatesse. Tu apprécies sa solidarité. Un doute te saisit, te triture, te torture. Mais qui vas-tu suivre ? Qui va t'indiquer le chemin du temple ? Dieu peut-être… Allons, laisse-toi guider par ta presque belle-sœur à la chevelure pivoine, qui a embarqué ton jules dans son bolide rouge rutilant. Des couleurs estivales qui exhalent un relent étrangement familier. Ton mec arbore toujours des cravates à pois jaunes ou verts. Tout dans la discrétion, dans cette famille. Toi, tu rejoins ton quatre-roues en boitillant, dans la cacophonie des klaxons déchaînés. Les chauffeurs démarrent tous en trombe. Chauffards, va ! Un prix pour le premier arrivé ? Personne ne t'a parlé d'un concours de vitesse ! Tu rates peut-être quelque chose… Tu mets le contact. C'est reparti pour un tour de manège. Il est temps de te révéler, réveille-toi, le cortège se disloque…

Hop, un coup de volant. Tu braques à fond. L'autoroute est proche. Le piège ne se refermera pas davantage sur toi. Pas question de laisser le destin décider pour toi et ni d'informer qui que ce soit, au risque de gâcher ton plaisir. Tu n'as pas dit adieu aux mariés - bah, ne sois pas tatillonne ! - tu ne les verras plus jamais. Ton concubin non plus, du reste.

Entraînement au bonheur : tu ne tournes plus, tu ne cherches plus, tu ne te trompes plus, tu ne recommences plus.

Tu viens de brancher ton GPS sur retour à domicile. Tu gratifies ton rétro d'un large sourire de lâcher-prise et ton estomac t'en remercie.

14
La clef de l'histoire

C'est encore un matin marmoréen, pas rassurant, qui me donne des frissons. Mon cerveau déconfit est encombré de pensées noires. Ma main verse de la temporalité dans le bol près de la fenêtre embuée. Dehors, la fumée swingue au-dessus des toits endormis. Les nuages ne croient plus en Dieu, grignotant un peu de clarté près du soleil boudeur. Les flocons parachutent entre les châtaigniers tandis qu'un moineau joue des claquettes sur une branche nue. Tu aimais contempler ce tableau immaculé se reflétant dans tes iris mordorés ouverts sur le pays cévenol ; un coin du monde préservé des mochetés contemporaines. Notre maire s'efforce de faire respecter l'ordre et la bienveillance dans le village, en adéquation avec sa sensibilité écologique.

Tu as mis la clef sous le paillasson pour t'installer au cimetière. Depuis, elle reste muette, sidérée, fermée à double tour. Comme elle, je ne vois plus les charmes de l'univers. Je ne sais plus que faire de tout ce temps libre qui m'encombre. Il fait froid. Mon squelette n'a jamais eu aussi froid. Pas même durant cet hiver précoce où les radiateurs avaient tous rendu l'âme. *Trois degrés,* marquait le thermomètre. Nous avions vécu vingt-quatre heures sous d'énormes pulls. Ton polaire fuchsia, retenu à la patère de l'entrée, frissonne pour me le rappeler. Ton frère, le dépanneur, cloué au lit avec quarante de fièvre, semblait bien le seul à s'enflammer. Pas longtemps, du reste. Il rejeta en bloc médecin et médication. J'avais fui son ensevelissement, abhorrant les entrailles de la terre, peuplées de dormeurs éternels. Quatre jours plus tard - et cinq degrés supplémentaires -, nous avions emprunté un réseau de sentiers et effectué tant de changements de direction que tu te sentais désorientée. Tu désirais modifier le cours de ta vie, te rendre utile, me confias-tu. Dieu t'a entendue. J'aimais ces jours de froidure, mais riants, où tu t'agrippais à mon bras. Nous avions remué ciel et terre afin de retrouver ta clef égarée sur cet immense rocher offensé par tes fesses glacées. T'en souviens-tu ? Tu te laissais réchauffer par mes murmures brûlants. Et ta clef sautillait de joie dans la chaleur de ton aumônière retrouvée. Nos pas craquaient sur les bogues de châtaignes et les feuilles rousses qui jonchaient le sol. Mes oreilles adoraient ces bruissements. Il me semble les entendre encore. Je crois que tu vas rentrer. Me parler. M'enlacer. J'aimerais tant que tu me prennes dans tes bras pour me consoler d'être si seul. Malgré mes explications, notre chat ne comprend pas ton absence. Des heures de longanimité inscrites dans ses gènes, il t'attend devant les carreaux, usant son regard à la fenêtre. Je cultive le silence entre deux bouchées, deux toilettes, deux cachets. Je balance ma lassitude avec les détritus de mon repas. La poubelle, prise de spasmes, grommelle et ma boîte de médicaments bascule et chute, sur le ton du reproche. J'ignore si quelqu'un peut entendre mon enfermement. Être prisonnier dans sa peine. Ça veut dire quoi ? Je n'arrive pas à respirer loin de toi. Je me mens pour continuer à me supporter. Les gens heureux, se rendent-ils compte de leur bonheur ? Ceux qui n'ont jamais connu la séparation, le handicap, la maladie, le décès. Il me faudrait vaincre l'odeur âcre de la mort pour enfin te rejoindre, car mes élans de survie ne sont que réflexes et mécanismes végétatifs. Si je ne suis pas fou, ton absence m'aide à le devenir. Les coquets soixante mètres carrés que nous partagions s'amenuisent : les murs se rapprochent, les tapisseries flétrissent, les huisseries crissent, la serrure rouille. « Nous, c'est pour toujours », m'avais-tu assuré d'une voix étranglée par l'émotion. Alors, je prépare mes effets personnels pour l'éternité, dans la nuit qui tombe. Et je commande une bière pour fêter cette idée lumineuse. Près de mon pilulier vide, je me coule dans ton fauteuil, m'y moule et me laisse engloutir par les profondeurs du vieux cuir ébène. Les accoudoirs sont écorchés, qu'importe. Ma tête bascule doucement vers l'arrière et s'appuie contre le dossier. Je sens la tiédeur de ton dos. Dans ma poche, je fais tinter la clef patinée contre le trousseau, pour me redonner vie. Mes doigts glissent sur l'arête polie. Je la sens se déverrouiller dans l'obscurité du salon. Nous chuchotons dans le noir. Nous échangeons nos angoisses. Et imaginons des moyens de les combattre. Nous en avons beaucoup à transformer en énergie. Elle sait que tu n'as plus besoin d'elle, ni pour entrer ni pour sortir. Moi, je reste avec elle pour rester encore un peu avec toi. À chaque minute, elle s'anime un peu plus, et émet davantage de lumière. Un flux semble émerger du panneton, s'infiltrer dans mon corps tout entier. Dans le même élan, je caresse son museau et baisse les paupières, pour mieux apprécier la particularité extraordinaire - devrais-je dire surnaturelle ? - de ce petit bout de maillechort. Un malaise confortable m'absorbe. Je rencontre la claie des songes, flottant au gré d'un courant cotonneux. Un bien-être indicible s'empare de mon être, ivre à l'approche de nos retrouvailles. Je prends la clé des champs pour découvrir le monde à ta façon, et me pose à quelques mètres carrés de toi. Me voici prêt à infuser nos plus beaux souvenirs dans ton intimité en bois de châtaignier. Suis-je sur le point d'achever mon ultime traversée ? Un instant, je m'immobilise, et peste contre le maire qui t'a proposé ce poste clé d'employée municipale à temps complet, « pour dissuader les profanateurs de pierres tombales », avait-il ajouté.

Je cherche du courage dans mes poings serrés, devant la calligraphie qui orne le montant de ta porte : *Gardienne du cimetière.*

15
Nourriture quotidienne

« Lire, c'est boire et manger. L'esprit qui ne lit pas maigrit comme le corps qui ne mange pas ».[7]

Boulimique. Dévoreuse. Infidèle. Chaque semaine, elle choisit un nouveau compagnon. Un mètre soixante de chair et d'os, elle s'avance, le sourire séducteur. Me déshabille du regard, noirci par le khôl. Me serre entre ses griffes sanguines. Tapote mon dos râblé. Chatouille mes formes de son index moite. Me retourne soudain comme une crêpe. M'effeuille pour me chuchoter « je t'aime ». Me hume longuement, le nez fourré dans mon colophon. Alors je me sens tout chose, impatient de me retrouver au creux de ses draps. Ma face de papier mâché enfouie dans sa poitrine brûlante, je voyage jusqu'à sa chambre. Elle enjambe mes semblables, comestibles et combustibles pour son équilibre, qui colonisent tout l'espace. Elle possède le sextuple de son poids en livres. Lui servant de famille, nous la consolons de tout. Subitement, elle file aux toilettes vomir ses entrailles.

Son anorexie lui reflète trente-huit kilos sur la balance.

---

[7] Victor Hugo, poète, dramaturge, prosateur et dessinateur romantique français (1802-1885).

16
Cher et cruel Gesner

La nouvelle de ta liaison s'est répandue comme une traînée de poudre jusqu'à mes oreilles. Je marche tel un astronaute sur du coton, la joie en moins. Il y a des découvertes dont on se passerait volontiers. Je le sais, des années de latence affective et d'abstinence sexuelle nous ont rendus tous deux vulnérables et aigris. Mais que signifie ton empressement à aller vers cette étrangère ? Que peut-elle « contre nos liens si sacrés, indissolubles ? » Tu m'avais déclaré cela sur un ton solennel, comme une promesse.

Nous avons tout partagé : lit, argent, enfants, soucis, joies, peines, silence. Alors que t'arrive-t-il ? Tu réchauffes cette femme jusque dans son lit. Pour quel misérable motif laisses-tu basculer nos vingt années communes dans le passé ? Ne m'avais-tu pas promis de veiller sur notre bonheur ?

Je zigzague parmi les vingt-six lettres de l'alphabet de mon répertoire. Où vais-je poser ma plume pour y calligraphier mon bloc de chagrin ?

Vois-tu, je crains le C de concurrente, caricature de Cruella. Mon corps n'a-t-il pas la force de rester pour toi le corps unique de ta vie ? J'ai envie de casser ce foutu miroir qui ne sait plus me regarder.

Le D, comme douleur qui me troue le cœur, et divorce qui s'annonce peut-être. Je me sens dépossédée.

Le I, comme l'image de cette femme qui me poursuit sans cesse. Cette inconnue qui m'inflige inexorablement ce cri : l'intolérable.

Le J de jalousie qui me dévore. Je t'entends jouir de mes jérémiades. Me sens en jachère, moi, femme d'agriculteur.

Le P, comme la peine qui laisse une cicatrice identique à celle d'une punaise avec son stylet qui attend pour piquer et qui gâche la photographie de famille, et c'est pourquoi elle est punaise.
Le Q ? Le Q n'est qu'une partie d'un tout. C'est un peu court. Or, la vie a un sens. Les évènements aussi. Perdrais-tu tes valeurs, celles de la famille ?
En quête de quoi es-tu ? Nombreuses sont mes questions.

J'ai un cafard à faire tomber les blattes et pourquoi pas les punaises ? Mon humeur massacrante et le dessèchement de mes pensées freinent mon élan vital. L'envie de vivre me déserte. Et pourtant, ne pas savoir vivre ne donne pas forcément l'envie de mourir. Je sais, tu te moques bien de mon état d'âme, mais nous deux c'était pour la vie, Gesner, as-tu oublié ? Tu sembles préférer le sel, l'exotisme de la nouveauté à la tiédeur de l'habitude. Après quel hédonisme, cours-tu ? Mon regard suppliant aurait-il la force de t'arrêter dans ta course effrénée ?

Mon amie alertée m'a soufflé cette phrase volée à Jacques Salomé[8] : « Grandir, c'est apprendre à se séparer en restant entier. » Je commencerai à m'y employer dès que le tumulte aura fini de gouverner mon esprit. En attendant, je rumine en solitaire dans notre chambre, le front couvert de sueur.
Je pense à toi, à vous, à Elle, maudite punaise.

Lili, future ex-divorcée ?

---

[8] Psychosociologue et écrivain français, né en 1935.

17
Ma vie décrochée

Lundi
Les poignets dans l'eau savonneuse, *Lettre à Élise* sort de mon appareil. Hop, un petit coup d'essuie-mains. Allô ? Ah, c'est toi ! Alors on bavarde, on papote puis on se salue.

Mardi
La musique troue ma lecture. Je tends le bras vers le téléphone. On palabre, on jacasse. Et patati et patata, puis on s'embrasse.

Mercredi
Je mâchouille un quignon de pain en goûtant le son de sa voix. Miam, c'est bon, c'est douillet. On taille une bavette puis on se félicite.

Jeudi
Je sors de la douche, vroutt. Dégoulinante, je glisse vers le bigophone. On refait le monde. On philosophe. On s'encourage. Zut, ça cafouille sur la ligne. On soupire.

Vendredi
Je rentre avec le chien, wouaf-waf. La mélodie retentit. Je saisis l'outil de notre conversation. On raconte, on se raconte. Puis on potine - ça va jaser -, on s'applaudit.

Samedi
Absorbée par le programme télévisé. Soudain, ça joue dans le noir. À tâtons, j'approche l'écouteur. Un brin de causette puis on se quitte. Juste pour la nuit.

Dimanche
J'accroche du linge et décroche le combiné. Au début, on débite blablabla, ensuite on s'écoute religieusement - qu'est-ce qu'on s'aime - puis on s'éclipse.

Il s'inquiétait pour moi. Il avait peur pour moi.
Mon re-père n'est plus qu'une voix d'outre-tombe.

18
En route

Ce matin, je me suis levée tôt. J'ai préparé mes affaires. Et oui, je pars en vacances jusqu'au premier avril. N'attendez aucun signe, cher lecteur. Surtout pas un poisson ! Ni carte postale, ni courriel, ni fax, ni texto, ni appel téléphonique, parce que j'ai décidé de me mettre au vert. Je rejoins la nature qui apaise ma vie. Un événement inattendu pourrait – sait-on jamais ? – marquer mon voyage. Je sais de quoi je parle. Dans ce monde, certaines rencontres qui ont la peau épaisse nous déconcertent. Je ferme mon sac contenant les photos, mes difficultés de famille brisée. Je marque une pause, prends une grande inspiration, le temps de trouver comment formuler ce qui va suivre. Je vois bien votre interrogation dans le regard. Je vous rassure : que vous soyez à Montpellier, à Paris, au Québec ou à Trifouillis-les-doigts-dans-le-nez, vous comprendrez la présence de mon étrange compagnon de route à l'arrière de mon véhicule. Peut-être décalé avec mon âge, me direz-vous. Pourtant, il a une histoire. Tragique, diraient certains. Ce souvenir d'enfance me donne un coup d'intimité avec vous, car mon itinéraire pour le moins chaotique m'a menée jusqu'à vous. Écrire cette page va me permettre de la tourner. Je verrouille volets, fenêtres et porte pour ne pas trop vous dévoiler mes tourments. Je saute dans ma voiture avec valise, doudoune, lunettes de soleil et bouquin…

Bien calé derrière son volant, mon père avait annoncé le départ par deux coups de klaxon. C'était le jour de mon anniversaire. Nous étions le premier avril. Dans l'habitacle, ma mère m'avait tendu un gros paquet, en souriant. Mon

père, lui, restait attentif à la route longue et sinueuse. Les yeux écarquillés, je déchirais maladroitement le papier. Maman avait esquissé une mimique comique de la tête. Dans le rétroviseur, papa avait jeté un œil furtif, silencieux et heureux. Les prunelles rougies, je découvrais mon confident à poils et le serrais fort dans mes bras. J'avais bredouillé d'une voix tremblotante :
— Merci.
Et je cajolais mon bienfaiteur de mes pommettes rosies et humides. Lui avais collé sur ses joues poilues deux bises sonores en lui susurrant à l'oreille :
— Tu seras toujours mon plus fidèle ami de voyage.
Une sorte de bonheur nous faisait rire tous les trois. Le cœur léger, nous nous éloignions pour quelques jours de vacances ensoleillées. La route montait en lacets. Le temps pour nous de la suivre dans ces heures incertaines où tout était possible. Par un caprice d'enfant, je m'étais étendue sur la banquette pour mieux m'amuser avec mon nouveau compagnon. Je le faisais sauter et tournoyer en chantonnant. Cette rencontre me convenait à merveille. Puis un virage mal négocié…

Mon ours en peluche m'a sauvé la vie lors de la collision frontale.

19
Le manche à balai

Un homme grand et maigre, pressé, toujours, un courant d'air, qui s'est amouraché très vite de la boutanche avant de s'énamourer de celle qui allait devenir ma mère. On ne se méfie pas assez des sinistrés de la tendresse avec leurs gueules de chiens battus. Ils encouragent l'amour. Comment ce maraud a-t-il pris le temps de concevoir un chiard, comme il dit. Il n'a pas renouvelé cet exploit. Tant mieux. Je suis un moutard unique. Mon départ s'annonçait... compliqué. Un temps, j'ai caressé le rêve qu'une cigogne m'avait lâché devant une mauvaise porte. Là, sur un coup de tête. Paf, un bruit lourd et mat sur le perron. Pure illusion. J'étais bien né de l'union de ces deux êtres qui s'envoyaient des bouteilles à la gueule, vides, pour ne pas gâcher, mais bien coupantes. La lutte contre mon géniteur a absorbé toute mon enfance. Très tôt ce vil échalas s'est mis à fréquenter des gargotes aux effluves de myrrhe, et à visiter des filles aux influences pernicieuses. Un sycophante sans vergogne aux humeurs peccantes. Le courage, ma mère ne l'a pas trouvé dans la maternité mais dans la bouteille, hélas. Du gouleyant dans son gosier plus noir que rose. S'ouvrait devant elle un long chemin de croix. Dans ses moments de lucidité, elle dorlotait les fleurs du jardin, sa seule occupation véritable qui l'apaisait et la rendait presque heureuse. « Pendant que mon fumier de mari visite ses pouffiasses », comme elle disait... elle se laissait glisser sur le carrelage de la cuisine et buvait son litron à petites lampées. Menton relevé, paupières fermées, avec l'attitude pénétrée d'une œnologue. Lorsqu'il rentrait, celui qu'on appelle mon père la secouait avec ses bras tentaculaires, la tabassant sans retenue. D'une voix mourante, elle le suppliait d'arrêter. Moi, sous la table, j'observais, atterré et meurtri.

— Toujours vautrée par terre dans ta cotonnade jusqu'aux chevilles qui ne donne plus d'envie, crachait-il, la toux catarrheuse.

Et il mollardait de dégoût, envoyant valdinguer le chat d'un coup de balai. Je tremblais. Ensuite, il se penchait, la face anguleuse et lépreuse. M'attrapait dans ses petits yeux rétrécis par la cruauté. Il lisait ma peur. Son silence me glaçait. Le regard implacable et la lippe méprisante, il me tirait par les cheveux, m'administrant des rossées cuisantes. Je serrais les dents pour ne pas crier. Puis il sortait sur la terrasse traînant derrière lui sa bestialité et sa puanteur. Au moins, le calvaire de ma mère était terminé. Son rimmel devenu fou s'étalait sur ses joues ecchymosées en longues coulées charbonneuses désordonnées. Je pleurais pour elle dans mon cœur d'enfant. La voir dans une telle souffrance me retournait les sangs et les tripes. À travers la fenêtre, je regardais ce minable s'animer tambourinant son faciès de mécréant, de faux vainqueur. Des coups de poing, j'en ai rêvé des milliers de fois, matin, midi et soir. Des biens puissants sur son tarin vérolé pour le lui écraser et le faire pisser, le faire gicler de sang. Et il retournait voir ses merluches vénales maquillées à outrance. Il leur souriait à ces radasses, du sourire enthousiaste de la personne qui veut plaire. Avec des piaulements surexcités, toutes se laissaient peloter par cet homme défroqué, immonde, puant le sang caillé, qui profitait sans réserve des femmes seules complètement paumées.

Ce soir-là, tout s'était habillé de noir. Le ciel, les rues, les murs, mon cœur d'adolescent. Seule tache de couleur dans cette atmosphère triste et morne, un bouquet champêtre au milieu de la table. La pluie verglaçante cinglait les fenêtres. J'avais grelotté toute la soirée. Mon moribond de géniteur était rentré à pas d'heure, la tronche rougeâtre dégoulinante. Une laideur désolante suant d'une fièvre pestilente et méphitique, drapée dans une pelure maculée de souillures et empoissée par les traînées de spiritueux. La langue chargée, visqueuse, nauséabonde, comme une odeur de sang. Le tout empestant la sauvagerie, la barbarie. Avec le chambard qu'il avait fait, cette vermine avait réveillé ma mère. Je le lui avais fait remarquer en le traitant de sale ivrogne. De son timbre emphysémateux, il a ouvert grand sa gueule répugnante, une bouche spumescente, crachant qu'il avait bu que de l'eau. Il puait l'alcool à dix kilomètres. Il m'a frappé dans les tibias avec le manche du balai, ce vachard. J'en ai gardé des cicatrices. Je l'ai attrapé, le manche.

Puis ma mère et moi avons déversé des litres de gnôle dans sa fosse, à ce charognard, cassé les bouteilles, recouvrant son corps de tessons.

20
Hommages

Ils sont tombés sur le sol français en 2015, 2016, 2017, 2018, 2019… mais pas dans l'oubli.

Barbarie Paris
En France multipliée
Futur du monde

Pour eux… pour vous, pour nous, pour moi, pour mettre en mots mes cris de douleur. Chers lecteurs, n'y voyez aucune indécence de ma part, ni inconvenance, aucune impudeur, mais du respect, de la compassion, d'un devoir de souvenir, une révérence à travers ces haïkus.

Attentat terroriste à Charlie Hebdo le 7 janvier 2015
Des éclats de rire
Sauvagement mitraillés
Hurlements pourpres

Attentat terroriste au Bataclan le 13 novembre 2015
Abomination
A frappé nos Parisiens
La France meurtrie

Un chêne chevelu est planté le 6 janvier 2016 sur la place de la République à Paris en hommage aux victimes des attentats en France de 2015.

Attentat terroriste à Nice le 14 juillet 2016
Camion blanc tueur
Famill' fauchées com' du blé
Saigne baie des Anges

Attentat terroriste en l'église Saint-Étienne le 26 juillet 2016
Notr' Père égorgé
Saint-Étienne-du-Rouvray
Pleurent les chrétiens

Enterrer nos morts
Englués dans le chagrin
Demain et toujours

Blessés dans leur chair
Apprendre reconstruction
Survivants brisés

Jamais, depuis la fin de la guerre en 1945, on avait autant chanté la Marseillaise et hissé le drapeau français.

21
Question de vie ou de mo^{R}t

Il était une fois une île qui avait perdu tout son charme. Les insulaires ne communiquaient plus, passant leur temps devant les illustrations numériques qui envahissaient tous les espaces. Yeux écarquillés, ils regardaient défiler des images qui s'imposaient à eux. Le nez toujours collé sur un écran, ils s'intoxiquaient insidieusement. Ils ne se parlaient plus, ne lisaient plus, n'écrivaient plus. Ils avaient ainsi perdu l'usage des mots. Les mémoires s'encombraient de choses pas choisies et dont on n'avait pas toujours envie. Autant de merveilles de technologie qui déshumanisaient, affaiblissant le lien social. La vague du Net les avait tous submergés. L'image avait donc pris le pouvoir !
La bibliothèque appelée « La maison des mots », espace privilégié de réflexion dans ce monde qui s'accélérait, avait dû fermer ses portes par manque de fréquentation. Dans cette société ultra-informée où l'image était partout, l'immédiateté la règle, le temps long n'existait plus, or, ce temps long était indispensable. Il l'était pour lire un livre. Mais plus personne ne voulait ouvrir un ouvrage, la bibliothèque était devenue un musée.
— On n'a pas idée de tout ce que l'on peut mettre dans un mot ! disait miss Grimoire, la bibliothécaire, totalement chamboulée et pas encore adaptée au monde nouveau qui venait de surgir.
— Prenons le simple mot Livre. Il peut désigner un bouquin ou une unité de masse - cinq cents grammes - ou l'unité monétaire du Royaume-Uni. Le mot est vivant, il naît, grandit, peut mourir mais aussi ressusciter ! scandait-elle.

Les insulaires avaient oublié la musicalité d'un mot, sa force, sa beauté, le merveilleux qu'il procurait et semblaient si taciturnes depuis le bouillonnement des images. Miss Grimoire décréta une journée de deuil national en se drapant de noir, et en ajoutant un simple R, elle déclara que « La maison des mots » devint « La maison des moRts ». Les insulaires furent choqués par cette décision soudaine qui ne ressemblait pas à leur bibliothécaire adorée, discrète et silencieuse d'ordinaire.
— Il suffirait de débrancher sinon vous risquez de vous perdre, de perdre votre âme à jamais ! leur criait-elle via un porte-voix sur le perron de la bibliothèque.
Pour sortir de ce marasme ambiant qui polluait chacun d'entre eux, elle se vit contrainte de trouver une solution. Les livres avaient cessé de respirer. Les mots s'asphyxiaient à force de ne plus être employés. Les uns disparaissaient, les autres s'endormaient, certains rouillaient, quelques-uns pleuraient de ne plus être partagés. C'en était trop ! Miss Grimoire soupirait de désolation, ne supportant plus cette lente agonie et réfléchit à un dénouement heureux qui lui causa quelques nuits blanches. Un soir, elle eut un brusque mouvement de recul, comme frappée d'une illumination divine. Alors qu'elle déambulait entre les rayonnages de livres, avec sa lampe frontale, elle saisit un volume particulier, un de ceux qui contiennent des mots qui ont une jolie histoire, une belle sonorité, qui pourraient réveiller chez certains insulaires une émouvante nostalgie.
— Je les aurai au sentiment ! se disait-elle, détestant la nouvelle accélération de ce mode de vie qui mettait en péril les âmes. Elle avait l'impression que les gens couraient dans leur tête, avec leurs pieds. S'ils devaient attendre à une caisse, chez le médecin, chez le coiffeur, ils s'impatientaient,

trépignaient, rouspétaient. Elle ne supportait plus les frappes chirurgicales que subissaient les mots ou leur métamorphose radicale, introuvables dans le dictionnaire.
— Dire « presta » au lieu de prestation, « prono » au lieu de pronostic, s'il vous plaît, respectez la langue française ! s'insurgeait-elle, Molière doit se retourner dans sa tombe ! Et dans les cours de récréation, déjà qu'on n'entendait plus le joli mot « paysan » transformé en « péquenaud » puis en « boloss »[9], maintenant remplacé par « miskine »[10], où va-t-on ?
Horrifiée, miss Grimoire semblait déterminée à réhabiliter les mots pour redonner vie et humanité à toute la population. Les mots devaient retrouver leur place et leur signification essentielle. Parce qu'elle savait ce que le langage de tous les jours peut avoir de merveilleux, et que la véritable aventure, c'est celle des mots, et que leur force, c'est leur beauté sonore. Et ça n'avait rien de drôle de devoir consoler les plus anciens insulaires, tristes et effrayés, totalement perdus à cause de ce qui arrivait. Son fils, un jeune érudit surprenant, loin de la génération *Netflix and chill*,[11] était particulièrement affecté. Il se pointa juste au moment où elle avait besoin de lui. Les mains croisées sur le visage, il ne pouvait plus regarder tous ces écrans, pris par le vertige d'images sans paroles, qui le ballotait et le malmenait.
— Je n'en peux plus, je souffre, gémissait-il, je comprends ce que le mot « solitude » signifie.
Il avait peur de perdre les mots définitivement et rêvait de retrouver l'éloquence des semaines passées. Pauvre petit

---

[9] Plouc.
[10] Fait trop pitié.
[11] Génération série.

bonhomme, totalement désappointé et chagriné. Comment ne pas être heurté ? Miss Grimoire était chavirée. Il était visiblement temps de réagir et son idée lumineuse la fit sourire. Elle savait les insulaires extrêmement gourmets et gourmands. Alors elle décida de préparer une belle cérémonie en les conviant pour partager un bon goûter autour de vraies gourmandises phonétiques et pourquoi pas poétiques. Elle consulta une encyclopédie pleine de mots ronds, moelleux, tendres et sucrés pour se donner quelques idées. Ensuite elle acheta des produits bio et équitables à l'AMAP[12] de son époux puis mitonna des *délicieuseries* incomparables pour tous les insulaires.

Sans aucun doute, excellant en pâtisserie, elle ferait naître ou renaître en eux une foule de sensations fortes, les faisant voyager, en leur préparant des charlotte, éclair, madeleine, opéra, pet-de-nonne, religieuse, savarin…, et certainement un vocabulaire savoureux. Parce que les taux de glycémie satisfaits, les voix adoucies et les souffles parfumés amoindrissent les habituelles querelles superficielles, et rendent donc les réconciliations plus aisées. Elle voulait de la musique, de la pupille excitée, de la papille émoustillée, du roulement de langues, du palais orgasmique, de la jouissance d'œsophage et du frétillement de cordes vocales.

— Une bonne négociation se termine toujours par une gâterie ! affirmait miss Grimoire.

Son fils se chargea de poster les invitations sur Facebook afin que tous les insulaires soient au rendez-vous. La seule condition était de venir sans portables. N'hésitez pas à inviter fées, elfes, farfadets, lutins, muses, poètes… pour partager un univers de fantaisie, parce qu'il y aura des mots

---

[12] Association pour le maintien de l'Agriculture paysanne.

veloutés, des mots sages, des mots fous, des mots grinçants, des mots vénérés, des mots mystérieux, des mots mélodieux... Un plaisir pour les bouches qui les prononceront ! Et ils furent nombreux à se réunir ce jour de fête, mâchant et remâchant les syllabes avec suavité. La salle bourdonnait de chuchotements bienheureux, chacun bousculant le temps, les chaises, les livres, les plats et les neurones, heureux dans l'échange. Comme la rumeur d'une fête entre vieux amis retrouvés ! Une légère brise jouait entre les plis onduleux des rideaux de la bibliothèque comme un souffle de renouveau. Le soleil était abondant, le ciel pur, l'air parfumé, un ensemble bouleversant fait de petits bonheurs simples. Positionné à la porte d'entrée de « La maison des mots », le regard étincelant, le jeune homme se chargeait d'introduire les insulaires en leur souhaitant :
— Fêtes comme chez vous ! La contagion est souhaitable...

Parce que le doux virus des mots les avait tous (R)attrapés pour ne plus les lâcher.

22
Mon p'tit grain de folie

Plus d'êtres de ma joyeuse vie
Les uns se sont éloignés
Les autres écartés
Tu as été le dernier à m'avoir quittée
Nous nous sommes tant aimés
                Ma maison est vide.
Des mots que je ne dis plus
Des gestes que je ne fais plus
Des rires que je n'ai plus
Des caresses que je ne renouvelle plus
Des ronrons que je n'entends plus
                Ma maison pleure.
Tes reins nécrosés
La Saloparde t'a emporté
Une partie de moi s'en est allée
Me laissant le cœur brisé
J'ai mal de ton vide qui m'ensevelit
                Ma maison est morte.

Sommaire

Préambule
1/ La Saloparde
2/ La bulle a des angles pointus
3/ La photo
4/ Humeur de bière
5/ Mon Ailleurs
6/ Un coup de maître
7/ Aliéné
8/ Douceurs dominicales
9/ Rendez-nous notre rêve
10/ Chacun place son horizon
11/ Amor amor amor
12/ L'amour rend aveugle
13/ Que du bonheur !
14/ La clef de l'histoire
15/ Nourriture quotidienne
16/ Cher et cruel Gesner
17/ Ma vie décrochée
18/ En route
19/ Le manche à balai
20/ Hommages
21/ Question de vie ou de mo^{R}t
22/ Mon p'tit grain de folie

Lecteur, Lectrice,

Merci d'avoir choisi ce livre.

Après lecture, n'hésitez pas à laisser votre ressenti sur BoD, Babelio, Amazon, Facebook, Instagram, Twitter… ou par mail brigitte-dos@sfr.fr

Merci de parler de ce recueil autour de vous afin qu'il poursuive son bonhomme de chemin et le rendre ainsi plus visible… que son existence devienne virale.

Je vous souhaite le meilleur.

Passionnément vôtre.
Brigitte.

Du même auteur :

Dans L'entre-d'eux Boby / roman 2018
C'est mamie qui régale ! / roman 2019

Retrouvez l'auteur :

brigitte-dos@sfr.fr

Facebook : Brigitte Prados
Instagram : @brigitteprados